은둔자들

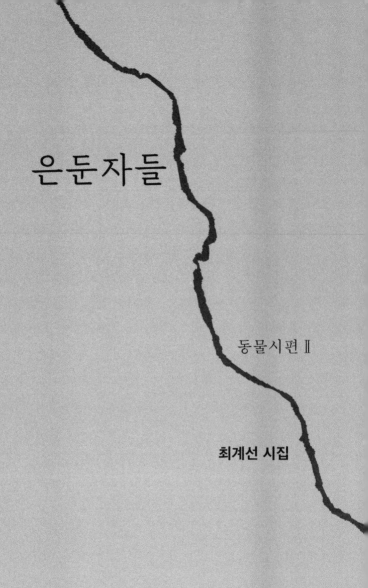

은둔자들

동물시편 II

최계선 시집

캉

시인의 말

화석연료를 지나치게 사용하는 문명으로 인해 지구의 모든 생명들이 빠르게 화석화되어가고 있습니다. 탄소발자국을 줄이고 멸종으로부터 녹색 장벽을 쌓아야겠습니다.

아직은 살아 계신 대자연의 스승들을 이곳에 모시고 이야기 나눕니다.

2021 여름
최계선

차
례

1부 l 내륙동물 시

2부 | 바다동물 시

생태환경 길앞잡이 글

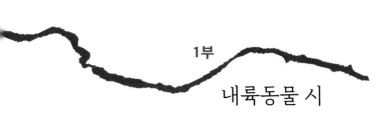

1부

내륙동물 시

꽃사슴

사슴은 저마다 한 그루 나무 머리에 이고 다닌다

꽃은 꽃사슴 가지에서 핀다

숲은 사슴들의 무리

사슴 떠나면 황야다

좀

오래된 책갈피에서 떨어지는
독특한 향

기억의 책장이 있고
책들이 좀 먹히다 보면
나는 나를 모른다
차이는 있겠지만
수행 과정 없이도
나는 없다

연필에서는
살아 있는 향나무 냄새와
썩은 나무의 석탄 냄새가 난다
나무는 안으로부터 비워지고
나무는 또한 부끄러움이 많아서
나무 뒤에 서로 몸 숨기며
숨바꼭질 아이처럼
나무에서 나무로 사라진다

광물학적 시간이 들어찬
연필에서는
향내와 함께 석탄내가 난다

기억에 밑줄 그으며 닳아 없어진 연필
밑줄 그어진 책에서 떨어지는
생소한 기억들

망각과 깨달음 사이의 책갈피
책에 쌓인
폭신한 먼지

벼룩

살아 있는 것들의 신으로는 퓨마
하늘의 신으로는 콘돌
땅의 신으로는 뱀을 섬겼던
잉카문명 대제국의 왕은
가난한 백성들에게 벼룩을 잡아 바치라 명했다
놀고먹는 꼴을 눈뜨고 볼 수 없어서였다
큰일 날 뻔했다

일 없이 시골서 어정거리는
새 이웃에 대한 눈초리는 곱지 않다
사지 멀쩡한 신발을 꺾어 신을 때부터
마을 사람들은 그를 돌멩이 걷어차듯
관심 밖으로 치워버린다
마을의 율법은 왕명보다 준엄하다
씨적씨적 그렇게
은혜의 날들은 시작되었다

은둔은 세상으로부터의 거리
멀어진 만큼

지극히 알량한 무위의 그는
시인들이 그토록 온갖 의미를 부여하는 풀잎과
벌레들과 가까워지고
그러면서 착한 늙은이가 되어간다
잉카의 태양도 사그라들었으니 해먹에 누워
에헤라 하늘에 책 펼친다
가끔 그에게 무슨 번개 치는 마른 생각이 들어
화들짝 일어나 하는 일들이라고 해봐야
온갖 쓰잘머리 없는 빈 도리깨질뿐
그래도 타작꺼리는 줄어들지 않는다
깻단에서 쏟아진 고소한 향의 들창코 같은
이런 일에는 하루가 없다

은거는 도피가 아니라 피난
멀리서부터 바람이 긴 팔 뻗어 빨랫줄의 광목천을 걸
어갈 때
빗방울이 모두 조팝나무 흰 꽃으로 보일 때
그리하여 마침내 은둔의 숲에 들어섰을 때
그는 쥐오줌 소나기에 젖은 눅눅하고 너덜너덜해진 몸

을 탁탁 털어
　햇살 좋은 마당에 내건다
　집게가 구멍 난 바람을 붙들고 있는 동안
　양말이 꾀죄죄한 눈물을 흘리고 있는 동안
　그는 잘 데워진 개울 자갈에 알몸 눕힌다

　세상으로부터 걷어차이니 속 편하고
　걸어 다니는 다람쥐 본 적 없듯
　야단스럽게 뛰어다닐 일 없으니 하늘은 더 파랗고
　벼룩만큼 높이 뛰지 않아도 밤송이는 때 되면 떨어지고
　나무는 장대에 얻어맞지 않아도 되고
　들꽃은 평생 처음 받아보는 관심에 부끄러워하고
　가랑이 벌리니 흰 구름 흘러 들어오고
　냇물도 곁에서 따라 흐르고
　이 집 개 짖으니 저 집 개 짖고
　시소타기 빼고는 혼자서도 심심치 않게 잘 노는 아이
처럼
　더없이 충분하고 더할 나위 없이 충만한

은둔자는
다시 돌아올 계절을
앞서 마중나간 사람

지구가 달을 잃고 쓰러지기 직전의 팽이로 요동치기
전에
태양의 짝퉁별 네메시스가 찾아와 혜성 우박을 퍼붓기
전에
태양이 늙고 늙어 빵처럼 부풀어 올라 지구를 먹어 삼
키기 전에
그전에
황(恍)하고 홀(惚)한
낮잠 한 번 더 자고

잠자리

바람의 갑작스런 멈춤으로 인해
들판의 소리들이 동굴 속으로 빨려 들어갔고
새의 날개도 물감으로 무겁게 덧칠되어졌으며
풀잎도 휘어진 채로 되돌아오지 않았다
해일 직전의 바다
베텔게우스 초거성의 최후에 있음직한
불길한 정적

빅뱅의 잔음도 닿지 않던 동굴 벽을 비좁게 뛰어가던
검은 소들의 급작스런 멈춤
들판이 벽화와 다를 게 없던 순간에
곧 무슨 일이 터지고야 말 것 같던 순간에

팽팽히 당겨진 정지된 시간을 뚫고 나온 것은
화석 날개 잎맥 잠자리의
아주 사소한
안도의 한숨과도 같은
꼬리의 흔들림

만약에 아주 만약에
내 욕심껏 하늘이 축복 내려준다면
선물로는
은혜의 날개와도 같은 잠자리 한 마리
내 어깨 위에 내려앉아
꾸벅꾸벅 졸 수 있게

염소

염소 눈동자는
　낮에는 네모
　밤엔 동그라미
　(실제로 그렇다)

네모의 눈동자는
　계단과 창고, 그리고 눈금자가 파놓은 고랑물 본다.
　가로수 길을 따라서
　(나무들이 왜 길을 따라가야 하는지)
　세로 모퉁이를 뾰족하게 돌아서
　한낮의 햇살을 피해 가는 따가운 시간 동안에는
　풍경을 떼어내고 드러난 액자 자국 안에서
　누런 풀로 드러눕는다.
　하늘로 낸 자기 길의 태양을
　나무는 그림자로 쫓아가고
　나무에 대해 아무것도 모르는 그림자는
　땅으로 제 긴 손 늘어트려 나무를 붙잡는다.
　손을 땅에 내려놓은 굴착기의
　손에 묻은 흙도 딱딱하게 말라간다.

동그라미의 눈동자는
  밤의 숲 정령들의 도토리 모자 얼굴들이며
  울타리 없는 호수에 내려앉은 하늘
  가장자리에 부는 바람을 본다.
  골짜기를 타고 내려온 부엉이 울음소리와
  수면 위로 뛰어오른 잉어의 커다란 첨벙은
  밤이 그동안 얼마나 고요했으며
  세숫대야에 담긴 달빛이
  세상을 얼마나 환하게 비춰주고 있었는지를 보여주며
  동그랗게 퍼져나간다.

민낯의 몰골과 밤의 짙은 화장
  네모 안의 동그라미
  동그라미 안의 네모

산양

산양은 양일까 염소일까
  양은 면양을 가리킨다 하는데
  면양은 양을 가축화시킨 것이라 하고
  염소는 산양으로 불려왔는데
  십이지의 양은 면양이 아닌 염소라 하고
  모르겠다
  양이라면 양이고 염소라면 염소다
  나이 들수록 줏대만 없어진다

산양은 멸종위기종일까 생태교란종일까
  그를 따라다니면 어린 양 되는 거고
  아니면 사악한 염소 되는 거다
  사탄 형상의 뿔난 염소

산양은 바위산에 살까 숲산에 살까
  떠들거나 말거나 산양은 절벽에서 산다
  내몰지 않아도
  원래부터 벼랑 끝에서 산다

산양이 따르는 것은 오직 계절의 풀들
　구설수에 오르긴 했지만
　굳이 설명하자면
　염주알 똥 똥 똥

비둘기

광장에 우뚝 선 전쟁영웅의 머리에는
허연 똥이 쌓여 있다, 비 내리면
눈에서는 똥물이 흘러내릴 것이다

영웅이 기억되지 않는 광장에는
찢겨진 외침들이 펄럭거린다, 광장을 점령한
비둘기 떼들의 똥 같은 평화

쇠똥구리

쇠똥구리는 은하수를 길잡이로
똥 구슬 굴리며 밤길 간다지

별이라 해도
먼지 덩어리의 똥
혹은
지나치게 응집된 어둠

쇠똥구리에게는 우선
점성술이 일러준 언덕 없는 길 보다는
천문학적 크기의 똥무더기가 필요하다

다슬기

천체망원경 하나만 있고 아무것도 없는
다락방 올리는 거야
거실의 넓이와 방 개수는 상관 않겠고
내 노후설계는 그거 하나지
다슬기 똥꼬로부터 시작해서
배배 꼬아 올린 나선형 계단
올라갈 땐 천장이고 내려올 땐 바닥인
다락문 밀어젖히면
성단의 휘황찬란한 빛들이 집중포격하는
다락방 올리는 거야
그때가 되면 누구나 석방될 날을 세고 있거나
탈옥을 계획하고 있을 때니까
누구나 그런 생각을 하고 있을 때니까

신(神)들의 팽이치기 놀이터 벌판에도
회오리가 돌아다니고 있지
바람의 옆구리를 채찍질하는 찰진 가죽끈이
벌판을 맹렬히 휩쓸고 다니고 있지
신의 허리띠가 대지를 휘감아 돌려치고 있지

정신없이 돌다 보면
빛과 시간이 왜곡된 블랙홀이거나
그것들이 빠져나온 웜홀 터널의 화이트홀이거나
적어도 그 언저리 둔덕에서는
온 우주를 고스란히 모아놓은 알주머니 도롱뇽이의
까맣고 투명한 눈알
깜빡임 한번쯤은 보았을 성싶은데
맨날 거기서 거기
맨눈 보듯 꿈은 멀고 아득하기만 하지

태풍의 구름도 은하의 별들도 다슬기도
벌판에서 회오리 돌고 있지
정좌에서 벗어난 모퉁이에서
바람의 실타래가 모두 풀려 헝클어졌다면
그건 신이 떠났다는 얘기지
신은 원을 완성시키지 않고 나선형으로 올라가니까
떠난 거지
태양을 빚는 일보다 벼룩이 보살피는 일이
훨씬 더 까다롭고 피곤할 테니

신들에게도 놀이와 휴식은 필요하지
그건 이해가 되고말고지
회오리벽을 긁어대며 매달리던 광풍의 시련이란 것도
그를 보필하던 그 사람들 입에서 나온 것이지
중심은 결국 안으로 향해 있고
그 누구도 그 무엇을 위해 휘청거리다 쓰러진 적 없지
팽이로 돌려 치키다가
아 이런 거는 있지
지나친 경외심이 그를 경직되게 만들었다는 것
웃음을 잃게 만들었다는 것
절규는 죽은 다음의 것들인데 말이지
그런데 의아스럽게도
밤의 유령 같은 망토를 걸쳤던 수사들은
천당과 지옥에 대한 확신이 있었던 듯도 싶지

왕을 호위하다 전장에서 쓰러진 말들과 코끼리가
옆으로 치워져 있고
장기판의 기물일 뿐이지만
병마용의 수천 기마병들은 지금도 무덤 속에서

황제의 출정 명령을 기다리고 있지

눈 밝아진다는 다슬기 똥
이쑤시개로 살살 돌려가며
슬기롭게 끝까지 파먹었는데
성운은 걷힐 기미 없이
여전히 침침한 휘장을 두르고 있지
벌판의 섬망(譫妄)에서 빠져나온 후
다락방 설계를 끝낸 게 벌써 언젠데
아직 망원경도 없지
노후는 대책도 없지
그렇긴 해도 자위하자면
하늘은 탁 트인 동산에서 보아야 하지
그래야 별똥별도 볼 수 있지
그럼 물론이지
구름도 별이지

붕어

산 웅덩이서 꼬리 흔드는 저 붕어는
　대체 어디서 왔을까
　발굽 흔적 없는 신세계
　그리 크지도 않은 표주박
　표범이 다녀간 이래 최초로 출현한 유인원
　산은 깊고 외진데

어디서 왔을까
　무명씨가 들고 와 풀어주었다기에는
　납득이 안 되는
　차라리 붕어 알들이 바람에 흘러 다니다
　홀씨로 날아다니다
　발 뻗고 새 눈 틔울 수 있는 곳
　이 외진 웅덩이에 내려앉았구나
　생각하는 게 훨씬 더 현실적인
　늘 그렇지만
　붕어가 꼬리쳐대는 저 산이
　무엇을 품고 있는지 알 수 없으니

어디서 왔는지 알 수 없으니
　거미도 하늘로 날아다니고
　도마뱀 곤충 지렁이도 바람에 실려 섬을 찾았듯
　나무들이 감춰놓은 떨잎 붕어도
　지느러미 활짝 펴고
　하늘 날아다니다
　어디 구름 속에다 산란을 하고
　또 어디 구름 속으로 헤엄쳐 갔는지
　그건 알 수 없는 일이니

수달

냇물이 단풍으로 물들 때
반짝이는 눈

향어

불어난 저수지 물 따라 뭍에 가깝게 입 대는
너를 본다. 한때 마을 입구에 서 있던 나무
가지 사이로는 물고기들이 지나다니고

바람 좋은 나무 밑둥 돌담에 걸터앉아
소소한 이웃 얘기 나누다
수몰촌 사람들은 저녁연기처럼 흩어지고

허공에 줄 던져놓고 물 밖에서 잠복하고 있는 나를
청둥오리들이 적당한 거리를 두고 힐끔 지나간다.
청호반새의 늦은 귀가는 물 위에 뜬 별들을 흔든다.

상념들이, 땅강아지처럼 내 머릿속을 헤집고 다닐 때
에도
　광막한 밤의 수평선 끝자락에서 꼴딱거리는 평상심을
붙들고
　며칠을 아무 생각도 없이 달빛 수면만 들여다보는
　이 기막힌 낚시의
　고소한 떡밥 향

오리

어미 등에 올라탄 새끼 오리들이
흐뭇하게, 주변 경치 둘러보던

그 풍경과 아주 흡사하게, 나는
오리배를 타고, 발을 열심히 휘저으며
새를 모방하여 날개를 갖고자 했던 인간으로
오리 모양의 오리배
오리 뱃속에 들어앉아서
발가락에 물 한 방울 적시지 않고 물길질하며
호수를 떠다니고 있다.

물을 건널 참도 물고기를 잡을 것도
내 아이들한테 경치구경 시켜주는 것도 아니면서
열심히 왔다 갔다
호수 다리 건너는 사람들에게는
평화롭고 한갓진 풍경으로 보이겠지만
오리 뱃속에 들어앉은 나는
발에 쇠사슬 묶인 채 노 젓는 노예로
땀의 채찍질 당하며

여가의 한가로움이 꽃을 피우건 말건
오리들이 애초의 비행기를 모방해서 호수를 뛰어가며
날갯짓 하건 말건
정말 열심히
이게 당최 뭐 하는 짓인지, 생각하면서도
발에 발동기를 달고
있는 힘을 다해 떠다니고 있다.

반짝이는 개울 자갈의 꼬마물떼새 알
아이들이 빨가벗고 미역감던
물고기 눈뜨고 헤엄치던 여기는
시냇물이었지,
피라미 떼들이 몰려다니고
끄리 꺽지 미꾸리 빠가사리 참마자가 부채손 지느러미
흔들며
머라고 머라고 지들끼리 떠들며 꼬추 훔쳐보던
흐르는 물이었지,
호수가 되기 전에는
댐이 쌓이기 전에는

바지 치켜올리고 허리 붙들고 건너던
그 강에서,
축조 멈춰달라고 천막 치고 호소하던
원주민들의 탄식과 눈물이 고인 호수에서

오리배를 타고
물갈퀴 발에 물집 생길 지경으로
잠시 쉬어가면 오리가 물에 가라앉을까 봐
오리 뱃속에 들어앉아서
열심히
정말 있는 힘을 다해.

은어

물 위로 뛰어올라 달빛으로 비누칠한다.

종다리

종다리 시를 시작하고
　　가을 아침 뒷마당 풀밭에서
　　저희들끼리 반갑게 인사 나누며
　　통통 뛰어다니는 저 종다리들은
　　이렇게 청명하고 찬란한 갈색의 아침을
　　내게 선사한 것을
　　알기는 할까
다음 날 종다리가 나를 찾아왔는데

둥지로 엮어진 시가 막 써지고, 꿈에서
(아마 종다리가 쓴 화답인 듯했다)
시가 하도 기막히게 좋아서
꿈에서도 꿈이란 느낌이 와서
이 꿈 벙어리 되기 전에
장자가 내 꿈에 끼어들어 잔소리하기 전에
빨리 옮겨놔야겠다고
옆으로 살살 일어나서
벌떡 일어나면 종다리가 물고 날아갈 것 같아서
눈꺼풀도 살살 치켜올렸는데

눈뜬 순간
그 기막히게 엮어졌던 둥지 글은 날아가고
책상으로 가는 동안에도 막 떨어지고
한 줄 붙드니까 나머지 줄 막 바스러지고
흰 종이는 재촉하고
줄기는 볼품없이 앙상하고
그런데 분명 잔가지 하나에도 은유로 물올랐던
옴폭하게 잘 지어졌던 집
커피가 그 집의 향내 다시 풍길 수 있을까 했는데
생각이 또 생각을 막 밀어내고
축소된 숟가락이 머릿속을 휘젓는 사이에
그 일생일대의 명작은 완존이 날아가고
　　새 둥지에 관한 시를 접했었다네……
그거 하나만 남아
이렇게 허탈한 글이나 붙들고 있는데

꿈이 설탕 두 개 넣고 감성을 휘저은 것도
꿈이 꿈을 치장한 것도 감안하더라도

그 기막혔던 글
그런데 지금은 검불 하나 남지 않은 글
민들레 머리통인 듯
생각의 씨앗들은 다 날아갔고

새 둥지는 어디로 사라졌을까
마술사 모자 속의 흰 새처럼
있던 것이 어디로 갔을까
한때 있었던 예지(叡智)
하늘 쪽으로 열려 있던 정수리의
대천문이라 불리는 말랑말랑한 숨구멍
그런데 지금은 딱딱하게 굳어버린
그 안에서 꿈꾸어진
꿈의 어떤 부분은 꺼낼 수 없는 것일까
백발 선사들이 주고받은 서(書)
아둔한 인간으로서는 알아볼 수 없는
알려줘도 이해 못하는
그 어떤 광휘의 휘갈김

눈꺼풀 한 장은
이쪽과 저쪽을 경계 짓는 차단막
깜빡깜빡 하루에 만 번을 들락거려도 생각 안 나는
원래는 열려 있었던
그런데 지금은 종다리만 자유롭게 들락거릴 수 있는
천지의 문

다시 모로 누워
내 딱딱한 머리가 움푹 파놓은 구덩이의
베개 속 왕겨들이 싹 틔우던 때의 소리부터
다시
종다리의 아침부터
다다시

콩새

깃털에 내린 간밤 서리
새침하게도
아침 나무에 앉았구나

여기까지 쓰고 시작된 딸꾹이는
뭘 먹다가 걸려서도 아니었고, 숨 쉬다가
딸꾹 딸꾹 딸꾹질이 되었고
딸꾹질이 내 모든 말들을 가로채가는 바람에
할 줄 아는 말이 **딸꾹** 하나가 되었다
딸꾹

딸꾹이 신경 쓰여 글은 안 나가고
커피 들고 오다가도 **딸꾹** 흘리고
담배 피우다가도 **딸꾹** 들이켜고
딸꾹이 숨넘어갈 때까지 책 읽어야지
『0.6°』 목차 살펴보는데
딸꾹은 눈알에서도 딸꾹질이다
딸꾹

산성비의 공습 **딸꾹**, 폐수의 종착지 **딸꾹**, 빈곤과 환경 **딸꾹**, 그린란드의 붕괴 **딸꾹**, 산호의 죽음 **딸꾹**, 환경과 엔트로피 **딸꾹**, 미래를 위한 선택 **딸꾹**, 이산화탄소의 국적 **딸꾹**, 경제와 환경의 공생 **딸꾹**, 바람아 불어다오 **딸꾹** 나 이러다 딸꾹새 되지 싶다 **딸꾹**

아침 나무에 앉았던 **딸꾹**, 콩새는 어디로 **딸꾹**, 날아 갔나 **딸꾹**

귀뚜라미

더위를 더 무덥게 만든다는 매미 소리
어느새 귀뚜라미 소리로 바뀌었다
늦가을
귀뚜라미 소리 유난히 크다

문풍지 뚫고 들어오는 차가운 바람
코뚜레 손잡이 문 열고 새벽 맞는다
문짝이 내는 삐걱 소리가
식구들 새벽잠을 뒤적거린다
귀뚜라미 소리 유난히 크다

첫서리 맞은 무 밭의 잎들이 허옇다
몸서리 한 번 치고
마루에 걸터앉아 신발 신는다
부엌 아궁이 속에서는
산을 기억하는 나무들이 무너지며
따끔한 소리를 낸다
귀뚜라미 소리 유난히 크다

손 뻗어 불 가깝게 쬔다
여물 끓는 가마솥에서는
소 콧구멍만 한 김이 허옇게 뿜어져 나온다
외양간 소가 마른 짚 씹는 작두질 소리
외할머니 한숨 소리도
부엌 여기저기서 서걱거린다
귀뚜라미 소리 유난히 크다

구렁이

큰길에서 십리는 걸어 들어가야 했던
산속 외할머니 집은
손주가 외양간에서 불장난하다
불타 없어졌습니다

굴뚝만 남은 무너진 흙벽 사이로
그을린 부엌살림들이 널브러지기 며칠 전에는
큰 구렁이 한 마리
지붕에서 내려와 담장 넘어가더랍니다

전래동화였으면 좋았을 얘기를
화전민 마을 노을을 뒤로하고
삭은 곰방대 불 탁탁 털며
남 얘기하듯 들려주시던 외할머니

구렁이 길 여러 번 돌아 넘던 고개
뒷산 쪽 굴뚝을 맴돌던 굴뚝새는
저녁연기의 가벼운 날개로
무덤가 할미꽃 찾아 날아갑니다

늑대

갯과의 개는 꼬리 흔들며 마을로 내려갔고
외로이 산을 지키다
달을 짝사랑하게 된 늑대
늑대의 구슬픈 울음도
잊혀진 지 오래다

밤은 늑대의 계곡을 따라 내려온다
검은 안개만 흘러내려온다

내 꿈속의 너는 코를 골며 잔다
내 꿈속에서 너 또한 꿈을 꾸며
네 꿈속을 걸어 다닌다
이것은 꿈이 꿈으로 이어졌을 때나 있을 수 있는 일

산이 솟아난 이래 가장 최근에 들려온
울지 않는 늑대의 고요의 메아리만이
밤의 계곡을 따라 울려 퍼진다

검독수리

군대 갈 나이에 새총 들고 다니다 만난
평생 한 번 보기도 힘들다는 검독수리.
뒷산을 건너뛰어 죽어라 쫓아다니며
낮은포복으로
쪼그려앉아자세로.

큰 새여서
그때는 우쭐대고 싶을 때니까
그럴 나이이기도 했지만
헛것에 씌어서
나를 사정거리에 두고
두고두고 후회할 짓을
단지 큰 새여서
그러다 내 발로 기어 들어간

산기슭에는 누군가가 미리 파놓은 무덤이 있었다.
주인을 기다리는 무덤
겨드랑이에선 흙벽 모래알들이 굴러떨어지고
숲을 겨냥한 채 기다리는,

이럴 때의 우리 눈은 주변의 아주 사소한 것들도 들여
다보기 마련이어서
깎아내린 흙벽에 간신히 뿌리박고 몸 비틀어 절벽 오
르는 풀잎 보였고
생각도 비교적 쫓기지 않는 편이어서
제멋대로 나무를 뛰어다니는 청설모처럼
종잡을 수 없는 시간을 건너다니고.

유년은, 흐느껴 울다 몸서리쳐지던 유년은
제왕의 검고 큰 도포 안에 엎드려 있다.
곧 죽을 것처럼 무덤 파헤치던 멧돼지
내던져진 집안 살림들이 마당에 굴러다니고
광기의 눈알이 방 안에 굴러다니고
잔뜩 웅크린 어머니의 흐느낌이 굴러다니고
분유깡통에 모아놓았던 유리구슬이 굴러다니고
아무 말도 못하는 벙어리장갑 아이의 굴렁쇠가
울며 마을 골목을 굴러다니고.

이미 오래전에 죽은 줄로만 알았던

이불에 덮여 있던 어두운 생각들이
부질없는 생각에 풀썩대고 있었지만
참으로 고마운 부질없음 덕분에
방아쇠 한 번 당겨보지 못하고 내려선 뒷산.
검독수리 큰 날개 그림자가 하늘을 멀리 날며
칙칙했던 무덤의 관 궤짝을 덮고 있었다.

쌀바구미

됫박만 한 자취방
정부미 포대에서 덜어 담은 봉다리 쌀
뒤덮인 쌀바구미
체에서 걸러지는 하얀 쌀가루 먼지

들여다볼수록 참 심란하기만 했던
그때는 햇살 한 홉 들지 않던
내 푸르름의 곰팡이 시절

쥐

환장하게 이쁜 쥐의 눈을
순진 초롱 똘망한 쥐의 눈과 마주치게 되면
어깨부터 돌려대던 그간의 냉담했던 오해들
그런 생각 기어 다닐 곳 없이
눈알만 쳐다보게 되고,
멍한 상태에서, 도시락의 이것저것들
입안으로 퍼 나르던 숟가락도 딱 멈추고
너무 이뻐서, 하도 맑아서, 저 눈 때문에
아마 고양이도 질투에 눈이 멀어서
눈에 불을 켜고, 어둔 굴 들락거리며
밤의 새까만 석탄 먼지 뒤집어쓰고
갱을 빠져나오는 눈만 하얀 사람처럼
그 눈도 나름 깜빡이는 별이기도 하지만
아무튼 별 볼 일 없는 땅속 탄광에서

채탄 광부들이 겁내하는 것은
석탄기 지층으로 곧장 떨어지는 수직갱도
지하수 땅속에서의 수몰
지상에서 베어낸 갱목의 붕락

캄캄한 토탄의 정전
그런 고립보다도 외로움보다도
광부들이 더 겁내하는 것은
정전기 먼지들의 번개
갱내 먼지폭발이다.
이 천둥의 위력은 너무도 광대해서
무너진 대피로를 따라 지하의 혼백들만 올려 보낸다.

먼지는 나무의 부스러기
오래전 태양의 따스함을 품고 있는 석탄의
돌들의 새들의 강물의 공룡의
시간의 부스러기
먼지는 결코 가볍지 않은
먼지의 부스러기

부스럭거리던 탄광 쥐들이 밖으로 몰려 나갈 때
쥐를 따라 나가면
화를 면한다고 한다.

폭탄먼지벌레

최루가스에 눈물 콧물 질질 흘리고 다니던
백만 년 전에, 그로부터 또 백만 년 전
왼쪽 가슴에 손수건 오삔 꼽고
왼쪽 가슴에 손 얹고 깃발에 맹세하던 그 시절에
너를 보긴 했을 텐데 만나긴 했을 텐데
기억에 없는 걸 보면
우린 절박한 상황에서 대치한 적은 없는 듯하지
그냥 여러 벌레 중의 하나
골목으로 도망 다니던 더듬이
웃옷 벗어 덮어쓴 등껍질
많고 많은 코흘리개 벌레 중의 한 마리
기억에 없는 걸 보면
너는 내게 물대포 폭탄 날리지 않았고
먼지 가스도 쏘아대지 않았고
나는 네게 위협적인 존재도 아니었으며
그럴 생각도 없었고
우린 서로 입장 다른 처지에서 비켜간 듯하지

코흘리개 아이들 운동장에 열중쉬어 세워놓고

땡볕에 확성기가 녹아내릴 때까지 떠들어대던
그놈이 나빴지
열중하란 건지 쉬라는 건지
애매하게 세워놓고 편 갈라놓고
차전놀이 붙여놓고 올라타고
어려서부터 상여 짊어지게 만들었던
그건 가을도 아니었고 운동회도 아니었지
짚대롱 비눗방울 후후 불던 아이들이
볏단처럼 서서, 지친 콧구멍 벌름대며
코 끝에 매달린 무지개를, 콧물 풍선을
다시 콧구멍 속으로 들이켜던 운동장에서

폭탄먼지벌레, 네 이름 알게 된 것도 얼마 전인데
그로부터 어색한 백만 년이 지나서
그런데 그 나이에도 칠칠맞게 질질 흘리고 다녔냐고
누가 또 그럴지도 모르겠지만
아무튼 우린 서로 코흘리개 친구
우린 서로 아주 하찮지 않았던
한 마리 벌레였지

모기

그는 동물을 너무도 좋아하고 좋아해서
많은 동물들과 오두막에 모여 산다.
붉은꼬리 여우, 족제비, 토끼, 부엉이, 처음 보는 새, 숲
에 살지도 않는 복어, 가슴까지 벽을 뚫고 들어온 뿔사슴.

그의 유년은 이러했다.
사방치기하다 금 밟아서 죽고, 줄넘기하다 넘어지고,
구슬치기하다 뺏기고, 딱지먹기하다 뒤집어지고, 술래잡
기하다 헤매고, 자치기하다 항아리 깨트리고, 달맞이하다
불내고, 얼음배타다 허우적대고, 굴렁쇠굴리다 굴러떨어
지고, 오재미하다 얻어터지고, 땅따먹기하다 거지되고,

그런데 노년이 되어 어지간한 것들은 알만도 한 그가
숲의 자연을 곁에 두고서도
자연의 법칙은 알지도 못하고, 알고 싶지도 않고, 알아
갈 계획도 없고,
자연은 몸에 어디에 좋고, 무엇이 좋고, 어떻게 좋고,
오직 내 몸에 대한 지극한 보살핌만으로 풀 한 포기,
뿌리 한 줄기, 뒷다리 한 토막,

결코 가벼이 지나침 없이 함유성분, 작용부위, 효능효과,
바구니에 꿰차고 산속 헤집고 다니는
온통 먹는 얘기뿐인
나는 자연인이다 사람들처럼
자연을 곁에 두고서도
자연의 가르침에는 눈 감고, 귀 막고, 입 닫고.

그는 몸만큼이나 동물을 희한하게 좋아하고 좋아해서
열쇠 뭉치 장신구에도 해마를 매달고 다닌다
무두질이 필요치 않은 박제 아닌 동물은
호박보석의 시대부터 숲을 들락거리던
모기 한 마리뿐.

자연은 다만 아름답고, 다만 놀랍고, 다만 신비롭고, 다
만 황홀한 생명.

쏙독새

쏙독새의 **독**은 항아리
부리보다 더 큰 주둥이가 항아리마냥 벌어져서
쏙독새가 되었다고 한다.

나는 쏙독새 소리를 구분하지 못한다
빈 항아리의 낮고 깊은 소리인지
꽉 찬 옹기의 목구멍소리인지
나는 알지 못한다.
숲속의 새 소리는 노래고
새장속의 새 소리는 울음이다.
내가 아는 것은 그것뿐이다.

주전자 주둥이는 산 쪽으로 삐져나갔고
항아리 주둥이는 하늘 쪽으로 터져 있다
이끼 덮인 동굴 입구 같은 입에서 나오는 소리가
울음이라고 치면
울음을 넣고 뚜껑 덮으면
꼬리를 서로 삼키는 두 마리 뱀처럼
소리는 그 안에서 불사영생의 원을 도는 것인지

아니면 말의 숙변을 앓다가
목구멍을 타고 올라온 쥐를 보고서야
삶의 최후진술 같은 회고의 말 한마디 남기고
영면의 세계로 쏙 들어가는 것인지
나는 알지 못한다.

나는 알지 못한다 해서
물을 담으려 했던 항아리에 모래만 쌓인다 해서
항아리를 머리에 이고 가는 처녀 쏙독새의
치마를 들춰가면서까지 알고 싶은 생각이 없다.

쏙독새 소리는 쏙-쏙-쏙-쏙 잘 들어온다던데
내 귀가 이상한 쪽으로 뚫린 건지
쪽-쪽-쪽-쪽 들리고
부담스럽게 나한테 왜 그러는지
그게 쏙독새 소리가 맞기는 맞는 건지 모르겠다.

그런데 소리는 관두더라도
내가 쏙독새를 보긴 했을까?

베짱이

길에서 만난 너에게
　　너 베짱이구나?
말 건넸더니
성큼성큼 올라와 내 신발을 밟고
꿈쩍도 않는 베짱이

어째야하나
어째야하나
신발 털고 내 길 먼저 가야하나
풀바람 불 때까지 기다려야하나
어째야하나
어째야하나

고양이

가령 머리를 쓰다듬어주면 지그시 눈 감는
이 고양이의 고민은
애완으로 평생 방구석에 갇혀 살다가 늙어 죽을 것인지
나그네의 길을 걷다 요절할 것인지인 것처럼

행태는 다르지만 형태는 같을 뿐인 고민은
'번뇌는 끊는 것이 아니라 본래 번뇌가 없는 청정한 마
음을 깨닫는'*
벽관(壁觀)을 거치지 않고 마음의 평화로운 안심(安心)
을 얻어 날려버려야 할 것

그게 말이야 쉽지
당장 오늘 점심으로 뭘 먹어야 할지도 고민인데

---

* 그 상태를 일러 "밖으로 모든 인연을 쉬고 안으로는 마음의 헐떡거림이
없으며 마음이 장벽과 같을 때 비로소 도에 들어간다"(『선원제전집도서』)
라고 했다.

소

그의 유모는 소
　풀밭에서 들리는 풍경소리도
　콧김에 뿜어진 아침도
　빨랫줄에 널린 산들바람도
　유모 젖가슴에서 흘러나오고
　시냇물의 돌도
　검둥개의 날뜀도
　닭의 씨파먹기도
　무당벌레의 물방울도
　지렁이의 눈부심도
　도마뱀의 팔굽혀펴기도
　도끼벌레의 등꺾기도
　메뚜기의 곁눈질도
　잠자리의 쌍안경도
　사마귀의 허세도
　거위의 호통도
　개구리의 가부좌도
　두꺼비의 묵언도
　고양이의 외면도

방아깨비의 그네타기도
개미의 소풍도
나비의 구름도
반지꽃의 약속도
유모 젖가슴에서 흘러나온다
핥아먹은 분유 깡통
그의 유모는 소

소

그의 유모는 정육점
　　젖가슴이 비어갈 때쯤이면
　　등심 구이
　　목심 불고기
　　갈비 탕
　　앞다리 육회
　　사태 찌개
　　양지 국
　　안심 스테이크
　　채끝 로스구이
　　우둔 육포
　　설도 장조림
　　꼬리 찜
　　곱창 전골
　　혀 편육
　　간 소잡는목요일
　　처녑 서비스
애초의 유모 눈망울이 가물가물하다

파리

파리의 혀는 발에 달려 있지
발이 청결해야 음식의 제맛을 느끼지
발을 싹싹 비벼대는 까닭이지

양치질이 불편할 지경으로
입술 부르트고 껍질 벗겨졌다면
무좀이지
밥상의 파리를 악착같이 쫓아대는 까닭이지

돼지

체중계 바늘이 내 나이를 가리킨다
숫자는 내 생각보단 뚱뚱하다.

그렇다니까 그러려니 하는 거지
누구나 저쯤에서는 받아들이지 않으려 하고
한쪽 발 들고 깽깽이로 서보기도 하고
그러면 바늘은 잠시 우왕으로 좌왕으로
해마다 헷갈리는 나를 닮아서
왔다가 갔다가의 폭을 좁히다가
결국은 원래의 그 자리로 돌아오고
원래의 그 자리가
현재의 이곳인지 올라서기 전의 저곳인지
그건 알 수 없으나
바늘이 내 나이를 가리키고 있으니
몸의 무게가 저렇게 분명하게
세월을 손가락질하고 있으니

나는 오늘 삼겹살 1인분을 먹었으니까
보다시피 200그램 더 늙었다.

그래서 쟁반의 보름달은 0살이 되었고
0살이 되었기 때문에 영이 영으로 되었다.
　　그래서 있다는 거야 없다는 거야
　　태초에 무가 있었으면 거기에는 유가 없었기 때문
　이란 거야?

알다시피 영혼은 21그램
(사람이 죽는 순간에 빠져나간다는 몸의 무게)
당분간 죽기 싫다면
죽어서 좌지해야 할지 우지해야 할지
왔다가 갔다가 하기 싫다면
깨끗지도 않은 돼지우리 안에서도
저만큼의 최소한의 연분홍 젖꼭지에서 흐르는
영혼의 비상식량과도 같은 양심을
가슴이 가리키는 대지의 그것을
그곳에다 그만큼 늘 넣고 다녀야 하지.

지렁이

비 내려도 흙 젖지 않는 땅

자 이제 우리의 진로를 얘기할 때

무균실에서 발아되는
아주 깨끗한 절망에 대하여

그리고 방수포에 쌓여 있는
아가들에 대하여

명주잠자리

여기는 구덩이, 깔때기의 맨 끝, 사지를 펄럭이며
귀신들이 흐느적거리는 모래 비탈의 개미지옥,
혼자이지만, 각각은 모두 혼자서 굴러떨어지지만,
여기의 늪, 낙엽으로 가려진, 겉보기엔 멀쩡한,
그러나 도처에 움푹 파인 절망, 투신은 실족,
지하로 빨려 들어가는 비명, 발목서부터 무릎,
영혼까지.

이 땅이 내가 뛰어놀다 드러눕던 동산이었나?
여기가 내가 태어난 마을이었나?

고갈될 줄 모르는 가면의 바람,
어둠 속에서 나타났다 해 뜨면 사라지는
올빼미 숲의 유령들, 잔잔한 호수조차 불길한,
명주천을 덮는, 죽음은 그저 간식일 뿐인,
여기는 지옥.

따오기

당신이 신에게 말하느라고 바쁘면
신의 목소리를 들을 겨를이 없다.
—참사람 호주원주민

신은 멸종위기종이 되었다

따오기 얼굴의 반인반수 토트는
한때 이집트 지혜의 신이었으나

반인의 미혹과 반수의 교만이
신을 그 지경까지 몰고 갔다

성회의 십자가를 이마에 그으며 성자가 말할 것이니
형제자매여 네게 흐르는 식은땀을 먼저 볼지어다

보일 듯이 보일 듯이 보이지 않는
따옥따옥
따오기

거머리

종기가 심했던 문종도 그랬고, 중세 유럽에서도, 요즘
도, 몸안의 나쁜 피 빼낼 때는 거머리 입을 빌리곤 한다.
거머리가 피를 빨면 괴사 조직은 떨어져 나가고 새살이
돋는다고 한다. 거머리를 관자놀이에 놓고 두통을 치료
한 사례도 있다지만, 의학적인 얘기고.

들리는 소식의 대부분은 나쁜 피에 관한 것들이다. 증
식도 빠르고, 복제도 빠르고, 빠르게, 좋지 않게, 빠르게
전이된다. 자신이 얼마나 혐오스런 모습의 흉측한 실재
인지를 모르는 거머리들로 강산은 점점 검붉어진다. 열
거하기도 싫다.

요즘은 보기 힘든 옛 풍경의 이분들
　　스타킹 신은 아저씨
　　쟁기 들고
　　논둑 걸어갑니다.
　　기계충 먹은 까까머리 아이들
　　족대 들고
　　짝 달라붙어 따라갑니다.

우렁이

따가운 여름 햇살 머리에 이고
우렁각시들 논으로 간다
반짝이는 양은대야에 얹힌 수북한 점심
족두리나 가슴 치마끈보다
땡땡이 무늬 고무줄 바지가 훨씬 잘 어울리는
몸뻬 우렁각시들
벼이삭에 붙어사는 제 우렁신랑 거두러
의뭉스런 궁뎅이 흔들며 논둑 걸어간다
풍경에 그늘 없던 그해 여름

무슨 일이 있었는지
무작정 어항을 빠져나온 우렁이가 다다른 바닷가
줄 맞춰 나란히 헤엄치는 철망 오징어 떼와
무릎 높이의 바다 장화
공판장 궤짝 물고기들의 수화
생뚱맞은 나무 구름 벽화
파도치는 고무다라이의 바다
우렁이가 흘린 끈적끈적한 침의 발자국

그 가 느 수 구 그 가 니 느 구 시
시력검사표 오른쪽에 세로로 적힌 글자들을
눈에 불을 켜고 숟가락 옮겨가며 들여다보다가
뜬금없이 법문으로 다가온
거기에 일갈의 소리까지 더해져
대책 없이 막막하기만 했던 바다
언 어 무 어 왜는 없고 누가만 있던 무작정
그 누가가 누군지를 모르겠어서였던
결코 알 수도 없고 만날 수도 없었던
그
비인칭 감각의 추상으로나 접근 가능했던 그

마침내 누가고 뭐고 다 귀찮기만 했던 그 밤에
문갑 구석의 솜먼지를 한군데 다 끌어다 모아놓고
혼자여서 결코 외롭지 않게 퍼마시던
그때는 행려병자 볏단 속의
우렁이의 밤
밤이 무엇인지도 모르고 뻔뻔스럽게 울던 닭의
혼돈의 밤

올챙이

꼬불고 긴 창자
몸 밖으로 흘러나온
배 터진 올챙이를
올챙이가 뜯어먹는다
음료수 병 속에
너무 많은 올챙이가 담기기도 하였지만
천륜 같은
그런 순진한 꼬리는 떼버리고
악착같이 다리 뻗겠다는
아귀 같은
그런 몹쓸 탐욕의 병에 빠진 올챙이들이
올챙이를 뜯어먹는다
불거 나온 허기진 배를 붙들고
뜯어먹고 또 밀쳐내며
뜯어먹는다
그게 아마 오골오골 오골거리던
올챙이들

호랑이

강산을 딛고 있는 것만으로도
호랑이는 천하를 호령한다

신령스런 기운
물질과 정신의 온갖 것
만물의 계율

범 초월적 왕가의 혈 끊어지고
준엄했던 포효 사라지니
산천에 아귀들만 들끓는다

직박구리

　고정관념을 천재의 조건으로 보았던 베를리오즈, 「환상교향곡」은 고정악상이란 새로운 연상기법을 사용해 만들어졌다고 한다.
　교향곡의 환상은 환각적인 환상(幻像) 아닌
　헛된 꿈의 환상(幻想)

　깨고가 항상 따라다니는 고정관념은
　군사정권이나 아상의 대명사도 아닌데
　언젠가부터 무조건적인 타파의 대상이 되었다.
　깨달음 얻었으니 그러들 하겠지만
　깨지지 않는 고정된 관념도 때론 필요하지 않을까.
　이를테면 자연에 대한 선조들의 경외심 같은 것,
　또는 밥딜런, 제인구달, 레이첼카슨, 안젤리나졸리,
　믿고 보는 최정 바둑(정석은 익힌 후에 버릴 것),
　자전거, 손수건, 빨랫줄, 내복, 부채 같은 것.
　소쩍새가 압력밥솥에서 뻐꾹뻐꾹 노래한다고 숲이 되살아날 것도 아니고
　분별선의 기준은 찰지지 않은 쌀이겠지만
　밥솥에는 여러 곡식의 열매들도 섞여 있으니

잘 맞춘
알맞은 물 높이의 세심함이 있어야 하지 않을까.
떠들지 말고 시나 쓰자. **직박구리**

　　새소리 시끄럽다 지저귀지 않고 거의 짖어대는
　　새소리는 「쥐라기 공원」 영화에서의 효과음 같다
　　새들의 조상이 육지공룡이었음을 상기시켜주는
　　새는 무리 지어 신생대 마을을 돌아다닌다
　　새는 닥치는 대로 집어먹고 싸움질도 잘하는
　　새는 검정 문신 조폭으로
　　새들의 골목을 뒤흔들고 다닌다

　새는 그냥 예전에 내가 알고 있던 새로 남겨두기로 하
고, 문 나선다.
　새로 산 구두가 뒤꿈치를 깨물며 쫓아다닌다.

두루미

하늘의 누군가가 침대보를 걷어 내다터는지
눈 내리고, 눈발과 함께 날아온
두루미의 긴 두 발이
_____11_____월 평야를 짚는다

흰 눈의 흰 산에는
흰 여우와 흰 토끼가 있다
흰 올빼미와 흰 족제비도 있다
겨울 되면 흰 외투를 꺼내 입는
흰 눈 위의 그림자, 설산의 유령들이
쫓고 쫓기며 지나간 자리에서는
눈 덮인 사슴뿔 나뭇가지가 저 혼자 흔들리며
흰 눈을 떨군다
허공 어딘가에서 가지 뻗은 눈송이가 그렇듯이

두루미 흰 종이 위의 깃털이 하늘로부터 날리며
철새의 기행문에 마침표를 찍으며
흰 눈으로 내려앉는다

여우

마당을 덮은 흰 눈의 한지 위에
흰 붓으로 쓴
간밤의 시 한 편
여우의 꼬리 필체임에 틀림없다

　　사람이 있어 여우고갯길 묻는구나
　　그러나 그 길 위에 여우는 없다네
　　일찍이 요괴로 살아본 적 없거늘
　　미움으로 네 마음 해하고 있구나
　　내 기꺼이 굶주리다 돌아서면 그뿐
　　먼 산 헤매는 네 발길은 어찌할까나

어름치

성에 낀 아침의 유리창 한가운데로 난 숲길
구석으로부터 안으로 몰려오는 겨울은
겨울나무 가지마다 서릿발 입히며 자라나고 있다

숲길처럼
겨울은 물의 길만 남겨두고 얼어붙었다
개울 혈관을 빠져나가는 살얼음 밑으로는
자갈들이 떼 지어 몰려가고
물길을 비켜 자리 잡은 어름치의 갈색 등이
얼음 창에 비친다

어름치 몸속에서 가지 뻗은 새하얀 나무
겨울나무
나무를 닮은 나뭇잎
나뭇잎을 닮은 성에
성에를 닮은 숲길
숲길을 닮은 물길
그 모두는 한 그루 뿌리의 계절

버드나무 잎의 홀쭉길쭉한 어름치는
가을의 달콤함이 아직은 조금 묻어 있는 돌 틈에서
지느러미에 달라붙는 겨울을 떼어내며
뭉툭한 입김을 내뱉는다

새싹의 여지를 두지 않고 끝으로만 치닫는
겨울 창으로의 산책
성에 잎사귀를 오싹 붙여놓고 가지 뻗는 겨울이
산을 타고 흘러 내려온다

삵

눈사태처럼 산에서 떠밀려 내려온
삵이
닭장을 덮쳤다

다다닥 도망다니던 닭도 안됐고
사사삭 쫓아다니던 삵도 안됐다
이럴 땐 누구 편을 들랴

멸종의 눈보라 길에
칼칼한 겨울바람이
살쾡이 퀭한 뺨을 할퀴며 지나간다

청개구리

청개구리의 겨울나기는
　가랑잎 한 장 덮고
　겨울이 되는 것,
　웅크린 그대로 얼어붙어
　땡땡한 겨울과 하나 되는 것,
　깨지기 쉬운 파란
　태풍의 눈 속에 머무는 것,
　철 지난 연두색 외투
　등허리를 칙칙하게 탈색시키는 것,
　살점을 뜯어내는 발톱
　눈보라의 겨울을 짊어지는 것,
　눈 감아도 흰색의 고요만 흩날리는
　하얀 장님이 되는 것,
　바늘 끝의 얼음
　습지를 내어주는 것,
　그리고
　바람에 가랑잎 굴러가는
　햇살 좋은 봄을 꿈꾸는 것.

거미

끝겨울에 매달린 처마 고드름이 간밤 내린 폭설에
눈썹 하나하나마다에서 햇살 방울 떨구며
펑펑 운다
저렇게 맑은 눈물 흘릴 일이 우리에게는 거의 없어
그게 눈물보다 더 슬픈 일이지만

햇살 방울이 뚝 뚝 뚝
간밤 내린 흰 구름은 우듬지를 덮고
지푸라기 눈썹 가지마다 흰 눈을 꽁꽁 동여맨 겨울은
껍질 벗으며, 동굴 속으로 들어간다.
겨울은 그곳에서 겨울을 날 것이다
종유석은 하늘로부터 자라날 것이며
석순은 대지로부터 싹틀 것이다.

동굴 입구에는, 백운암 바위틈에서는
거미줄에 매달린 아침 태양을 바라보는 거미가
수염나방, 떼허리노린재, 미륵무늬먼지벌레, 넉점박이
송장벌레, 굴곱등이, 좀붙이, 굴가시톡토기, 노랑구슬노
래기, 물벼룩, 멧강구, 공벌레,

86

그리고 훨씬 더 많은, 잘 알지도 못하는
동굴무척추동물이 드나드는 광물계의 동굴 입구에서
거미줄에 매달린 햇살 한 모금의 이슬로
아침 태양 마주한다.

동굴에도 저렇게 많은 생명들이 살고 있었다니.
빛 찾으러 산 채로 땅속에 들어가 땅속 파헤치는
가련한 동물들 본 적 있지만
삶이 인간적이어야 한다는
그런 저주와도 같은 말 들어본 적 있지만
태양을 등지고도
동굴이 흘려준 냇물에 얼룩 지우며
저렇게 하얀 아침을 맞이하는 얼굴들도 있었다니.

태양의 기둥이 동굴 떠받치고 있고
등으로 밀어올린 바위틈에서, 거미는
찬란함이 그들의 교리인 동굴 거미는
광맥 속 보석처럼
이 아침 태양을 이슬로 마주한다.

원앙

알 깨고 나온 눈부신 시간은
새털만큼 자랐을 뿐인데
팔랑개비 돌리며
새털의 머뭇거림도 없이 절벽 뛰어내리고
에미 따라 궁뎅이 실룩거리며
졸졸졸
시냇가로 몰려가는
새끼 원앙들

저런 게 관계고 기쁨이고
노래지
부활절 달걀에 그린 소망의 그림대로
샛노랗게 눈뜨는 병아리들의 부화
저런 게 희망이고 눈물이지
쪼로록
시냇가로 몰려가는
쟤들이 햇살이지
더 바랄 게 없지

새털은
따뜻하고
보드랍고
폭신하고
가볍고
또한
버겁기도 하지

오리

공교롭게도
오리털 외투를 걸치고 와서
오리요리를 주문했네
기왕에 이리된 거
털은 여기 잔뜩 있으니
통통한 알몸이나 주셔

수저통 열고 젓가락 짝 맞추다
그간 너와의 관계에 대해 생각해보니
네 품 안에서의 나는
포근함보다는
알몸이 주는 그
미끈한 감촉만을 원한 듯

퉁가리

찔리면 특히나 아픈, 오죽하면
무당 세 명이 사흘 굿을 해야 낫는다
옛말도 있을까. 퉁가리 얘기지만
세상의 일 중에
찔리면 특히나 정신없이 아픈 것은
용하디용한 그 어느 누구도 고치지 못하는
사람을 광인으로 만들어버리는
지긋지긋한
징글징글한
그런 줄 알면서도
그리운
사랑

개

뭉쳐진 비누와 그만큼의 거품들
오래전에 동여맨 배꼽에
구석구석 겹겹으로 쌓인 먼지 덩어리들
칠할 곳은 아직 여러 군데 남았는데
비누는 때로 손에서 미끄러져 나가
하수구로 떠내려가는 때를 빠르게 쫓아간다
분노가 저쯤이면 화해가 안 된다
관계에도 때가 있는 법

교미 끝난 개 두 마리
엉덩이를 맞대고 요상하게 붙어 있다
보아하니 웬수지간도 아니고
그렇다고 억울하게 당한 처지도 아닌 듯하고
쥐약 먹고 허연 거품 물고 있다면 비눗물 먹이겠지만
이건 그 상황도 아니고
어쨌건 아이들 보기 민망한지라
어른들은 양동이 찬물을 냅다 퍼붓는다
    ―누군들 이러고 싶겠냐고
    ―끙, 그건 피차 마찬가지

생각하기 나름이지만

불경스럽게 보이던 행동도 누군가에게는 충직한 본능

이었고

나를 따르지 않고 손에서 뛰쳐나갔던 비누의 도발도

보기에 따라서는 믿음직스럽기도 하다

이 또한 어떤 면에서는

지저분한 나를 좋아해야 할 것은 비누가 마땅할 듯한데

개의치 않고 나를 끝없이 핥아대는 것은 개다

길앞잡이

한 생각으로 이만큼 걸었으니
덕분에 적적함 모르고 잘도 왔다마는
너와 헤어지고 갈피 못 잡는
이 어수선한 마음은 어찌할까나

오리

그리하여 훗날 다시 만날 그들은
젖은 신문지를 머리에 쓰고
선문답 같은 대화를 나누며
　　—당나귀 떼가 도심을 활보했다는군
　　—그러게, 큰일이야, 집값이 계속 뛴다지?
기억의 어느 한쪽에 쏟아진 잉크병
응고된 선지 덩어리의 치매 속에서
서로를 신뢰하며
이전의 발자국들이 모두 지워진 백사장의
하얀
조개껍질의 단추를 여며주며
말쑥한 옷차림의 오리 한 쌍이 목례를 건네는
호수에 앉아서
얼굴에 깃든 노을을 부채살로 가려주며

하루살이

하루살이의 삶은 3년이지만
물을 떠난 바깥세상에서의 여정은
하루

그 하루가
하루를 넘기지 못하고
지겹던 한 평생의 끝으로 끝나는 하루이기 때문에
평생이 하루로 보일 수도 있겠지만

날개 달고
물 밖 세상을 잠시 들여다본
그 하루가
짝짓기의 찰나일 수도
알까기의 영겁일 수도 있겠지만

시간은 한 번도 존재해본 적 없는 그림자일 뿐
시계가 벽으로부터 떨어져 새장을 부순다 해도
뻐꾸기는 날아가지 못한다

개념 없는 하루의 벽 속에 나 또한 틀어박혀
바깥의 문을 안으로 걸어 잠그고
내 안으로의 여행길을 다니며
장르를 가리지 않고 책 갉아먹는 좀벌레로
무궁(無窮)의 날개를 달고
드넓게 펼쳐진 세계를 자유로이 들락거리며
달마 같은 이상한 몰골로 자갈밭에 눕기도 하면서
하루의 시작과 끝이 구별됨 없이
하루 늙어 하루의 한가로움을 더해가면서
문밖으로 고개 내밀면 여지없는 폐인으로
물속 골방에서
연신 재떨이 뚜껑을 열고 닫으며

연기의 길을 따라가보며
공간을 반으로 접어 이동해왔을 수도 있는 외계비행물
체가
하루의 반도 안 되는 나를 혹시 찾아오지나 않을까
가끔 하늘도 내다보면서

쏘가리

강바닥은 깨진 산들의 모자이크 같다
얕은 물 햇살 아래에는 프리즘 자갈들이
각기 다른 제 색을 이리저리 비추며 찰랑거린다
버드나무 잎들이 바람에 날리고
물에 잠긴 산 위에
물풀의 머리칼이 너울거린다
물이 햇살을 비춰준다

쏘가리에 대해 한 말씀 드리자면
쏘가리는 쏘지도 않을뿐더러 독도 없습니다
떼 짓지도 않고
바위 틈바구니에서의 시간을 혼자 즐기며 삽니다
물속을 흔들어대지만 않는다면
물속을 물 밖으로 끄집어내지만 않는다면
팅팅 불은 손가락 붙들고
펄펄 뛸 일도 눈물 짤 일도 없겠습니다

물(物) 안팎으로
보이는 게 어떻고, 아는 게 어떻고……

지(知)와 견(見)에 대한 통찰을 그딴 식(識)으로 아리
송하게 늘어놓을 바에는
  단가 한 소절 무릎 쳐가며 읊조리는 게 나으련만
  그게 내가 알아듣겠는 염불 소리이건만

    이산저산 꽃이 피니 분명코 봄이로구나
    봄은 찾어 왔건마는 세상사 쓸쓸허드라
    나도 어제 청춘일러니 오늘 백발 한심허구나
    내 청춘도 날 버리고 속절없이 가버렸으니
    왔다 갈 줄 아는 봄을 반겨헌들 쓸데 있나……

사철가, 내 타령은 내가 못 들어주겠어서 안 하겠고
왔다 감도 모르겠고
안팎도 모르겠고
나는 그저 아롱거리는 물살
햇살이나 만지작거리며 놀다 가겠습니다

꿀벌

곤충들은 존재하는 것 외에는
아무런 사명도 없다.
―쉼보르스카

가을 오면 벙어리장갑 떴다 풀고
봄 오면 망사 옷 떴다 풀고
계절을 그렇게 뜨게 바늘로 놀리며
각기 다른 색의 실 뭉치 행성들을 방바닥으로 굴리며
풀었다 감았다 하는

어머니 소일거리로 마련한 텃밭에 들꽃들이 잔뜩 피었
죠. 우리들 소망처럼 피어난 들꽃들, 들꽃들은 이쪽저쪽
앞뒤로 보아도 들꽃들이고, 내버려두어도 피어날 들꽃들
이지만, 그래도 들판의 씨들을 모아 뿌렸죠. 이웃 분들은
무슨 씨앗을 그리 성의 없게 뿌리냐고, 꽃 피고 나니 더
욱 한심스런 표정들 짓지만, 이제 들판으로 돌아간 텃밭
은 환하기 그지없죠. 나비와 벌들의 마당이죠.
　들판에는 뚱딴지 돼지감자 노란 꽃부터 시작해서 생기
면 없애기도 힘들다는 살살이꽃(코스모스), 금송화, 금계

국, 들국화, 꽃들이 가득하죠. 콩깍지에 담긴 보랏빛 보석들이죠. 감자와 돌이 구분 안 되는, 아무렴 어떠하든, 이런 게 좋은 나는 전생에 부탄 왕국의 야크였거나, 씨앗 뿌리듯 발을 대지에 심으며 걷던 인디언이었는지도 모르죠(이건 순전히 과거에 대한 희망). 허리 굽혀 풀 벨 일 없는 이곳은 아름답다는 말 외에 다른 말은 없지 싶죠. 시인들이 무슨 얼어 죽을 말로 꽃들의 마음을 상하게 만들지만 않는다면.

풍경에는 사유지가 없죠.
논밭(들판을 갈아엎고, 아이들 머리를 빡빡으로 밀어놓고, 단일품종의 경작지에 살벌하게 뿌려대는, 허연 DDT를 온몸에 퍼붓는)을 지난 꿀벌들은
이슬 한 방울도 윤기 찬란한
어머님 들판에서 아침을 시작하죠.
싸리나무 꽃은 자그맣긴 해도 벌들이 좋아라 하죠.
한 타래 실 뭉치의 태양이
들판의 햇살을 계속 뿌려준다면.

반달가슴곰

반달가슴곰 가슴에 초승달 뜹니다

보름의 반이 지나면
반달가슴곰 가슴에 반달 뜰까요

또 보름의 반이 지나면
반달가슴곰 가슴에 보름달 뜰까요

아마 그럴 겁니다

2부

바다동물 시

미더덕

꽉 깨문 미더덕이
뜨겁던 바다의 향기를
툭 던져주네

홍게

수족관 홍게들이
홍게들끼리 층층 올라앉아 바라보는
바다

바다와 수족관 사이로는
노을 바람 빠져나가고
황혼 무렵의 사람들 밀려 들어오고
밀물썰물 없는
수족관 홍게들이 어깨 타고 올라앉아
눈알을 벽에 바싹 들이대고 내다보는

고요
이것은 누군가가 나를 부르기 전까지
찜으로 발갛게 익어가기 전까지의
나에 대한 묵념의 시간

네가 내 이름을 불러주기 전까지
나는 한 마리 살아 있는 홍게였으니

꽃게

삶아져 쩍 벌어진 꽃게 뚜껑 구석구석으로
(내가 요리한 것은 아니지만)
요리조리 숟가락 쑤셔 넣으며
알뜰히 밥 비벼 먹는데

잘 삶은 게라도 다리 먼저 떼고 먹으라 했던가
알뜰히 밥 비벼 먹는데
놀랍도록 튀어나온 꽃게의 허연 눈알이
나를 쳐다보는
서로를 쳐다보는
이 상황은 당황스럽기 그지없다

　　―그래 누구는 해골 물 마시고 깨우쳤다는데
　　　그렇게 자시고 나면 한 소식 하시겠어?

낙지

내 목에 거품 바르고
날 세운 가죽끈의 시퍼런 면도칼 들이대던
이발소의 공포와도 같은
도마에 오름.
칼질 직전의 칼 가는 소리.

도마에서
토막으로 토막 쳐진 다리들이
제각각의 길을 가고 있고
부분적으로는 낙지를 닮은
그런데 머리는 어디로 갔는지 안 보이는

본래의 모습과는 너무 멀어져
제자리로는 되돌아갈 수 없는
집착이나 미련 따위의 관념어로는 설명 안 되는
저 뒤틀린 몸부림은
기름소금 한 종지로도 미끄러지지 않을 것 같고
젓가락 두 짝으로도 떼어내지지 않을 듯싶다.

내면을 들여다보는 공포
기괴한 발가락들의 절규가 고통스러워
절망에 술 마시는 것인지
술 마셔서 절망하는 것인지는 몰라도

나는 바람 속에 들어 있는 풍문으로라도
길 떠난 너에 관한
희망봉에 닻을 내린 항해의
어떤 반가운 소식을 기다리며……

넙치

어느 항구로 가야 할지 모른다면 순풍이 불어도 소용
없다.
납작 엎드려 수평관계를 강조한 넙치는
자연의 섭리에 따르라는 세네카의 철학을 사랑했다.

나는 생각한다, 고로 나는 존재한다.
직관이 지식임을 강조한 데카르트는
사팔뜨기 소꿉친구를 사랑했다.

좀 어색한 곳에 눈알 붙이고 있긴 하지만
광어인지 도다리인지
죽었는지 살았는지
물 밖에서 잠망경에 눈알 갖다 붙이고
확인차 옆구리 찔러보는 자세로는
무정념 상태의 넙치의 평온을 이해하기는 힘들지 싶다.

오늘도 정신과 물질의 이원론적 체계를 공부 중인
잘 자란 집안의 양식 광어는
애꾸눈 아닌 광어는

수족관 바닥에 납작 엎드려
한 번도 가본 적 없는 바다와
세월이 흘러도 식을 줄 모르는
횟감으로서의
이눔의 인기에 대해 깊이 생각 중이다.

참조기

우연찮게 들어온 햇살이 먼지 비추며
보이지 않던 것들을 들춰낸다
먼지도 빛이 난다
태양은 지하로 꺾어진 동굴 속으로 고개 숙이고 들어
갈 수 없을 뿐
겹겹 쌓인 수천 년 먼지의 시간을
속속들이 기억하고 있다

왕가의 계곡에는 아직 발굴되지 않은 무덤이
황금관 속에 누워 있는 봉인된 파라오가
저주는 단지 죽음을 들여다보는 자들의 몫일 뿐이라고
죽음을 곁에 두고 잠자고 있다
먼지의 시간을 깃털 무게로 저울질하며
환생의 나른한 꿈을 꾸며 잠들어 있다

파라오는 신으로 추앙받은 것이지
신의 가문은 아니었다
황금 이불 덮인 것은 푹 파인 눈의 시신이었지
죽음 자체는 아니었다

파헤쳐진 껍질의 무덤이 벗겨지고 던져지고 그렇긴 해도
깨진 항아리 조각들을 짜맞추는 시간의 도굴꾼들은
아주 조심스런 붓으로 먼지 무덤을 털어내며
한때 반짝였던 비늘들을 돋보기로 들여다본다

열 마리에 이백만 원 하는 황금굴비를 판매한 적도 있다
황금굴비는 금빛을 띤 참조기를 말하는 것이 아니었다
어획량이 워낙 적어 금값이 되었다는 것도 아니었다
낚시로 잡은 30센티 이상의 참조기를 굴비로 만든 뒤
껍질에 진짜 금가루를 입혀 판 것이
황금굴비였다

굴비는 굵고 싱싱한 참조기로 소금에 절였다가
반쯤 말랐을 때
다시 연한 소금물에 살짝 씻어 말리면
더 오랫동안 보관할 수 있다

도루묵

발려 먹을 살점도 별반 없어
도루묵이
질긴 알들이나 와글와글 씹는

눈알 부릅뜨고 이 먼 길 와서
항구 바닥에 널브러진 도루묵이
고무다라이에 퍼 담기는 삽질 축제를
떼죽음을

고래 떼들이 먹고도 남을 궤짝들을
끼적끼적 젓가락으로 뒤집다가
뱃속에 들어앉은 도루묵이 눈알 같은
허옇게 뒤집힌 허망한 하루를
가증스런 변명을 대고
질겅질겅 씹고 있는

홍어

부패의 정도에 따라
어떤 놈은 콧구멍을 뚫어놓고
어떤 놈은 귓구멍을 뚫어놓고
어떤 놈은 눈물까지 쏙 빼놓는다
기가 차다
기도 안 차다
밀폐된 행정실 주방의 푸세식 냄새
화장실에 중독된 변비환자
나래비 선 똥마려운 사람들

목구멍을 시원하게 훑어내리는 홍어 맛 하나는
기차게 좋다

멸치

큰 파도에 쓸려 나온 멸치 떼
하얗게 반짝입니다

아침 해변의 거품과 모래알들도
하얗게 뜁니다

내가 쓰러지겠습니다

꼴뚜기

멸치에 뒤섞여
멸치볶음으로 볶아지다
망신이다

갈매기

여객선은 새우깡 실어 나르는 배
쯤으로 생각하는 갈매기가
시간에 늦지 않게 개찰구 빠져나가고

알을 낳지 않는다는 갈매기 소식에
안쓰러운 마음 하나도 안 들지만—
절벽 둥지 새알 깨먹고 다니다
솜털구름 흩어질 때쯤
집으로 돌아오는 새들의 끼니 가로채 먹는
도적에 대해, 또는
깃털구름 물들 때쯤
쓰레기 매립지로 날아가는
넝마 거지에 대해
나는 평소 괭이눈으로 그들을 째려보긴 하였지만

알을 낳지 않는다는 갈매기 소식에는
잘됐네, 싶으면서도 왠지 편치 않은 마음—
섬과 육지를 배 타고 건너다니는 새
갈매기 음흉한 눈이 부리를 부비며

둥지 만들고는 있다지만
암컷들만의 밀애의 장소일 뿐인

레즈비언에 대해
참견할 생각도 없고 삐딱치도 않지만—
이건 취향의 문제도 아닌 것이
변성기의 오염된 수컷들이 암컷 향내 풍기며
짝짓기에는 의욕도 없고 들이대지도 않으니
어쩌랴 몸은 부르르 달아오르고

(사랑은 육체가 가진 의미를 관통할까?)

안개 속에서 점멸하며
저마다 말할 수 없는 비밀을 품고 있는 섬
떼어놓을 수 없는 암초와 배
미래가 내다보일 만큼 높이 나는 새매의 눈을 피해
조타실 위에 앉아서 탐조등 눈을 켜고
해적 지도에 표시된 섬들을 쫓아다니는 갈매기의
바이킹 항해

홍합

껍데기 안에는 게가 살기도 하고
껍데기 밖에는 따개비가 붙어살기도 한다
싫어도 어쩔 수 없어서가 아니고
서로 붙어서 살아가는 법을 아는 것이다
그건 자연산 홍합 얘기고
말도 할 줄 아는 양식 홍합은 이런다
　　　자기야~~ 죽겠어~~ 어떠케~~
그러다 잘못됐단 얘기 들어본 적 없지만 아무튼
죽어도 어쩔 수 없어서가 아니고 그들은
서로 부둥켜안고 살아가는 법을 아는 것이다

개불

거죽 벗겨진 수컷 개 불알과 너무 닮아 개불
가득 찬 물로 잔뜩 부풀어 있는 개불
손으로 어루만지면 팽팽하게 단단해지는 개불
밖으로 내놓으면 오줌 싸듯 물 쏟아내는 개불
물 빼고 나면 아주 형편없이 쪼글해지는 개불

생김새에 처음엔 어머 징그러~ 그러지만 개뿔
맛들이고 나서는 시두 때두 없이 졸라대니 개뿔
쏟아냈으면 물 채울 짬도 줘야 하거늘 개뿔
내숭 벗겨진 암컷 어머 왜이래~ 보채대니 개뿔
그만큼 했으면 됐지 끝도 없는 발정에 개뿔
궁색한 변명이나 늘어놓으며 질질 싸게 만드는

그래도 쫄깃한 맛 좋아 다시 찾게 되는 개불

조개

뜨건 국물에 입 꽉 다물고 있는 조개는
죽어도 속살은 허락할 수 없다는 게 아니고
바다에서 이미 무슨 일이 있었던 것이다

뜨건 국물에 입 쫙 벌리고 있는 조개는
지조 없이 헤프게 굴러다녀서 가 아니고
바다에서 그만큼 순결했었다는 것이다

조개는 껍질 속의 퇴적층을 밟고 올라서며
영롱한 무지개의 나이테를 색칠한다

냄비 바닥 뒤적이면
조개가 마지막으로 불러본
바다~~
벌어진 모양새 그대로
국자 가득 퍼 올려진다
조개~~

방어

수산시장 골목 고무다라이를 뛰쳐나와
오가는 고무장화 틈바구니에서
질퍽하게 흐르던 물 튕기며
펄쩍펄쩍 뛰던 방어를
회 쳐 먹고
바다 내다보이던 방에서

싱싱하게 튕겨 오르던 너와
장화도 안 신고 나누었던
알딸딸한 몸의 언어들
끈적대는 기억들의 바다

쥐치

편의점 술안주였던 쥐포를 새우깡으로 바꾼다
해파리의 천적인 쥐치에게 보내는 감사 마음으로
주름 많은 새우의 고민을 씹기로 했다
그렇다고 새우에게 감정이 있는 것은 절대 아니다

깡통 맥주 따서 혼자 건배한다
나의 천적이었던 너와의 이별을 위하여!

붕장어

바닷가 질퍽한 길을 자전거 타고 달립니다
장대비 흠뻑 맞으며
탈수기에 돌린 아니고
고 까실까실한 맛이 간절하야
엉망진창 길을 자전거 타고 냅다 달립니다

바퀴가 걷어 올린 진흙이 등짝에서 기어 다닙니다
붕장어가 달라붙은 것 같은 까만 고무 바퀴는
웅덩이를 가르며 가끔은 호수를 붕붕 건너뛰며
그러다 보면 외눈박이 자전거의 출렁거리는 불빛이
바다가 빗겨 보낸 빗줄기를 비춥니다

바다는 바다 쪽에서 소리로만 겁주고 있지
해안을 지키고 선 나무 발등에 입 맞추고
뒷걸음으로 공손히 물러섭니다
붕장어를 잃은 바다는
그쯤 하였으면 자기 할 일 다 한 것입니다
파도의 거품과도 같은 어둠 속의 탐욕들
오늘은 그쯤으로 새겨듣고 마저 달리겠습니다

따개비

해안선
따개비들이
공기 방울 하나씩 입에 물고
대륙을 떠다니게 만든다

엽낭게

서쪽 땅끝에 태양 묻어놓았으니
장화 신고 호미 들고
갯벌로 간다

햇살이 산등성 내려서며 푸른 망토 끌어당기면
달빛은 바다 잡아당기며 수평선 올라오고

바다가 항상 그리운 것은
우리가 그곳에서 기어 나왔기 때문이겠지

살아 있는 하루하루는 늘 잔치 마당
온 마을 주민들 갯벌로 뛰어나와
모래 경단 빚으며
    간밤에 별거 없으셨는지요
떠오른 아침의 생일상 차린다

갑오징어

서랍 속에 뒹굴던 갑오징어 뼈
징그럽게도 벌어졌던 상처에
가루 긁어 뿌리고

그녀가 죽기 전에 내게 남긴 편지
작별을 말할 때 보통은 긴 글 남기지 않는데
환희가, 익숙지 않은 미어짐이
이것은 곧 깨지고야 말 것임을 예감한 것인지
그녀는 꽃병을 내다버리고
시들기 전의 꽃잎 한 장 주워 떠나버렸다
강인한 슬픔
그런데 아무도 모르게 잘 간직하겠다던 그 편지
너무 깊게 두어서인지 어디서도 찾아지질 않는다
아끼던 어느 책의 갈피
그 정도의 기억
글자를 물들인 꽃잎이 마르고 부스러지긴 했어도
그 정도의 기억은 아직 있다
찾아지지 않을 뿐이다
깊은 편지와 함께 묻혀버린 것의 대부분은

기쁨의 순간들이고
정작 떨궈버리고 싶은 기억들은 끈끈하게 달라붙어 있다
슬픔을 통해 마음대로 흐르던 눈물
죽음에 관해서는
들여다보고 있는 나보다는
그녀가 훨씬 많이 알고 있겠지

아플 때 만나서
또 다른 상처의 재로 뿌려지고
가루로 남겨진
너

칠게

성스럽고 보배로운 갯벌에서
　　진흙을 집으로
　　진흙을 먹이로
　　진흙을 마당으로
　　진흙을 연인으로
　　진흙을 옷으로
　　진흙을 화장실로
　　진흙을 무덤으로 한
칠게의 일곱 가지 서품 서약

갯벌 구멍에 손 집어넣고
　　―아니 그냥 얼굴만 보자는 거야
칠게 팔 끌어당기다
　　―아니 됐다고 그냥 냅둬
결국은 팔만 뽑혀 나왔다
구멍이 보인다고 막 쑤셔 넣을 일 아니다
　　―에구 이를 어쩌나
어쭙잖은 놈 때문에 평생 외팔이가 되었다
　　―잘 잡아서 차라리 쪼려 먹던가

사과한다고 위로가 되지는 않겠지만
떨어져나간 팔 대신 글 오려 붙인다

　갯벌은 밀물 때는 바다이지만, 썰물 때는 땅이다. 거기 갯것들이 살아 있고, 그 갯것들에 의지해 누천년 동안 사람들과 날짐승들이 살고 있기 때문에 땅이라 해도 참으로 특별한 땅이다. 어민들이 갯벌이 곧 우리 직장이고 공장이라고 말하는 게 그 까닭이다. 그 땅은 거대한 자연정화조이면서 거대한 홍수조절기관이기도 하다. 그런, 거저 얻는 경제 가치 말고도 심미적 가치 또한 따질 수 없다. 인류가 어리석게도 오랜 시간 동안 갯벌을 간척의 대상으로만 대하다가, 갯벌 가치에 새롭게 눈을 뜨고 '그냥 거기 냅두는' 게 가장 올바른 태도라고 깨달은 것은 사실 그리 오래되지 않는다.(최성각 산문집 『달려라 냇물아』, 「에루아 에루얼싸, 새만금」 중에서)

도둑게

발려 먹던 먹이를 통째로 번쩍 들고
게걸음으로 도망간다
말이 안 통하면 이런 일도 생긴다

문어

한때 먹물깨나 갈아본
글월 문 집안의 문어(文魚)는
문어방*에 처박히고 나서야
사족(蛇足)들을 발려 집어던진다
마음의 헐떡거림도 없어지니
남아나는 게 없다
할!**

* 문어방 : 문어는 구멍에 들어가기를 좋아하는 습성이 있는데 단지에 갇히면 제 살을 뜯어먹으며 길게는 반년까지 버틴다고 한다. 그렇게 살 수밖에 없는 극한상황을 '문어방'이라고 한다. 불교에 '선방'이란 것도 있다. 겨우한 사람이 기거할 만한 공간에 한번 들어갔다 하면 몇 년이고 바깥출입을 할 수 없다. 외부와 통하는 작은 공양구로 시봉을 맡은 스님이 음식을 넣어준다. 사면이 벽인 방 안에서 면벽참선하는 것을 '무문관 수행'이라 한다.
** 할(喝) : 선승들 사이에서 수행자를 책려하기 위해 발하는 소리 또는 행위. 중국 당나라 이후 참선하는 수행자를 이끌기 위해 선승들이 사용했다. 말로는 표현할 수 없는 마음의 작용을 표현할 때, 수행자를 호되게 꾸짖을 때 할을 발한다.

생태환경 길앞잡이 글

생태시라면 적어도 퇴비는 되어야 _김경수

처음이자 마지막 리허설 _이문재

시집 동물 보탬 글

생태시라면 적어도 퇴비는 되어야

김경수

문학평론가 · 서강대 국어국문학과 교수

21세기를 살아가는 시민으로서, 생태문학이라는 말을 모르는 사람은 아마도 없을 것이다. 적어도 문학에 일정한 관심을 가진 보통 독자라면 1990년대 이후 우리 문학계에서 생태학적 상상력이 중요한 문학적 운동이자 전망으로서 논의되어왔다는 사실을 모를 수는 없다. 이렇듯 생태학 혹은 생태주의 같은 말과 개념은 오늘날 우리 사회의 주요한 패러다임 중의 하나라고도 할 수 있는데, 막상 생태문학 혹은 생태학적 상상력의 함의가 무엇인지를 생각해보면 문제는 그리 간단치 않아 보인다. 생태문학이 기술과 물질문명으로 인해 황폐화된 자연환경의 위기를 고발하는 문학인지 아니면 자연 친화적인 소재와 주제를 다루는 문학인지도 아리송하고, 생태학적 상상력 운운하는 것이 우리가 알고 있던 이전의 서정시와는 어떻게 다르고 또 어떤 상상력을 거론하는 것인지도 따지고 들어가면 잡히는 것이 별로 없다.

생태문학의 하위 장르로, 생태소설이나 생태시라는 말도 사용되고 있는데, 이렇게 범위를 좁게 잡아도 위와 같은 문제의식은 여전히 유효하다. 생태소설이나 생태시가 인간에 의해 망가져버린 자연환경을 소재로 하거나 주제로 삼는다는 것은 누구나 상정할 수 있다. 하지만 생태소설을 써서 생태가 회복된다는 것인지, 생태시를 읽으면 우리의 환경이 구체적으로 보존될 수 있다는 것인지, 그 실효까지 생각해보면 생태문학 논의는 공염불이거나 자기만족의 겉치장 패션이 아닐까 싶은 생각마저 들 정도다. 도대체 시가 생태적일 수 있는가? 나무를 베어내 만든 종이로 찍어내는 시나 시집이 생태적이라는 것이 말이 되나?

생태시를 자연환경의 오염으로 인해 위기에 처한 생명 환경 전반을 고발하거나 생태적 순환의 리듬을 되찾자는 식의 방향성을 지닌 시 형식으로 정의하기는 쉽다. 하지만 이 말도 틀렸다. 도대체가 어떤 시의 형식이 그 자체로 생태적일 수는 없을 테니, 이것도 말이 되지 않는다. 그러면 남는 것은 내용일 뿐인데, 그것만으로 서정시의 한 하위 장르로 생태시를 운운하는 것이 가능한가? 생태적 위기를 고발하거나 인간과 자연의 본질적인 관계를 일깨우는 일군의 시를 '생태시'라고 부른다면, 그 반대편에는 문명의 이기를 예찬하는 '문명시'가 있어야 제격일 텐데, 그런 시도 있는지 나는 잘 모른다.

그런 뜻에서 나는, 자연과 인간의 상호의존적 관계를 천착하는 시라든지 생태 위기를 일깨우는 시, 혹은 자연에 대한 인간의 책임을 묻는 시 등과 같은 서술로 생태시를 정의하기보다는 보다 좁은 규정이 필요하다고 생각하는데, 여기서 즉각적으로 내가 떠올리는 것은 오늘날 흔히 쓰이는 문해력(文解力)이라는 단어를 확장해서 '환경 문해력'을 주장한 한 서구 논자의 글이다. 문해력은 다들 아는 것처럼 문장이나 문맥을 해석하는 능력을 말한다. 그리고 이 말은 정보화사회에서 다양한 미디어로 전달되는 메시지를 해석하는 멀티미디어 해석력으로까지 그 쓰임새가 넓어지고 있다. 말하자면 영상언어와 음성언어, 그래픽과 데이터를 해석하는 능력을 말하는 것이다. 그런데 그 서구 논자는 생태문학이 우리 자신과 우리들이 살아가는 환경의 관계를 다시 생각하는 계기를 제공하는 것을 우선시하는 만큼, 우리가 인간과 자연환경의 관계를 읽어내는 능력을 계발시키는 데 도움을 주는 능력이 필요하다고 하고, 그것을 환경 해석 능력이라고 부른 것이다. 여기엔 환경도 메시지를 담고 있는 텍스트라는 전제가 깔려 있는데, 오늘날 자연환경을 읽는 우리의 능력이 얼마나 형편없는지는 새삼 말할 필요도 없을 지경이다.

이런 환경 해석 능력은 오늘날 도회를 중심으로 영위되는 우리 삶의 거의 모든 영역을 포괄할 것이다. 제때 분리 수거되지 못한 플라스틱이 어떻게 바다 생물을 죽이고 다시금 우리 몸에 들어오는지를 아는 것도 그렇고, 반려동물의 미묘한 생육 특성에 대한 무지를 깨닫는 것도 그렇고, 구제역으로 우리가 묻어버린 숱한 소와 돼지의 사체에서 나온 오염물이 우리의 대지를 어떻게 죽이는지, 그리고 그런 땅에서 거둔 많은 뿌리식물들이 먹을 만한지 아닌지를 아는 것도 그런 능력이다. 인위적으로 손을 댄 시골의 작은 하천이 얼마나 급변하는지, 그리고 나아가 저 저주받을 사대강 사업이 물고기 생태를 어떻게 망가뜨리고 연쇄적으로 먹이사슬을 어떻게 교란하여 우리의 강을 파괴했는지 등을 우리는 알려고도 하지 않는다.

환경 해석 능력과 관련하여 떠오르는 일화는 스웨덴의 소녀 툰베리의 이야기다. 초등학교 학생으로서 지구가 처한 기후 위기를 진단하면서 유엔에서 연설을 하고 미국의 트럼프 대통령과 설전을 벌인 툰베리의 경우처럼 환경 해석 능력의 중요성을 단적으로 보여주는 예는 없을 것 같다. 그녀의 환경 해석 능력은 어디서 어떻게 길러진 것일까? 왜 우리나라 교육은 저런 환경 해석 능력을 갖춘 아이들을 길러내지 못하나? 얼마 전 한글학자

김슬옹 선생은 OECD 국가 중 문맹률이 최하위인 한국이 문해력 측면에서는 꼴찌라는 지적을 한 바 있는데, 그게 사실이라면 모르긴 해도 우리나라 사람들의 환경 해석 능력 또한 그와 마찬가지로 선진국 중 최하위일 것임에 틀림이 없다. 그리고 후쿠시마 원전 오염수를 바다에 방류하겠다고 하는 섬나라 일본도 우리보다 못하면 못하지 낫지는 않을 것이다.

그러니까 그의 의견을 좀 더 밀고 나가자면 우리에게 이런 인간과 자연의 관계를 읽어내는 능력을 길러주는 데 유용한 문학 작품이 생태문학이라는 이름에 값한다는 것인데, 내 생각으로도 이런 시각은 아주 타당한 견해로 보인다. 위에 거론한 몇 가지 사례와 관련된 지식과 자연의 이법만 인식해도, 우리의 시 독서는 비록 눈에 보이지 않더라도 인간과 자연의 공생을 뒷받침하는 일종의 퇴비로서 충분한 몫을 해낼 것이라고 생각한다. 이 특별한 문학 체험이 생태시 혹은 생태문학의 본령이자 해당 작품을 생태문학으로 부를 수 있게 해주는 장르 지표가 아닐까? 그리고 이쯤 되면 환경 해석 능력도 4차 산업사회에 모든 사람에게 요구되는 핵심적인 문해력의 한 부분이 되어야 하는 것은 아닐까?

이런 의미에서 나는 생태시라는 말이 라벨 정도가 아니라 실체가 있는 용어로서 우리 삶에 뿌리내리고 장르로서 살아남으려면, 보다 엄밀한 함의를 지니지 않으면 안 된다고 생각한다. 그런 의미에서 생태시는 곧 퇴비라는 말도 가능할 것 같다. 물론 비유적인 표현이다. 그러니 그 어떤 수준에서든 퇴비가 되지 못할 시라면, 쓸 필요도 없고 무성한 나무를 베어 책을 낼 이유도 없다. 아니, 그래서는 안 된다. 그래야 시가 생태적인 것이 될 수 있다. 적어도 수백 번 자문하여 단도직입적으로 자연과 환경 생태의 중요성을 일깨우거나 환경오염으로 인한 인류의 운명을 상상할 수 있는 묵시록적 비전을 보여주는 등 비유적으로라도 퇴비의 역할을 충분히 해낸다는 판단이 섰을 때에만 잡지에 그런 시를 발표해야 하고, 또 그런 의미 있는 시편들을 모아 시집을 낸다고 했을 때에도, 앞서 말했듯이 그것이 수백 그루의 나무를 베어낼 만큼의 환경 해석 능력을 갖추었는지를 자문해보는 양심이 전제되고서야 우리의 생태시는 그 이름에 값하는 위상을 확보하게 될 것이다.

처음이자 마지막 리허설

이문재

시인 · 경희대 후마니타스칼리지 교수

학기 말이 가까워지면 학생들에게 조별 과제를 내준다. 우리가 매일 먹는 음식의 재료가 어디서 어떻게 키워지고, 어떤 경로를 거쳐 우리 식탁에 오르는지 조사 분석하는 모둠 활동이다. 오륙 명이 한 조를 이뤄 4주간 진행한다. 정식 명칭은 '음식과 산업문명 : 우리는 무엇을 먹는가'. 글쓰기가 요구하는 최소 원칙을 익히고 자기를 성찰하는 에세이를 써온 학생들은 고개를 갸우뚱한다. 글쓰기 수업인데 양계장이나 커피 전문점을 왜 들여다보아야 한담?

당혹스러워하는 학생들에게 글쓰기가 필요한 이유를 다시 환기시킨다. 요약하면 이런 내용이다. 글쓰기는 곧 생각하기다. 보라, 우리는 생각하지 않고서도 말을 할 수 있지만 생각하지 않고서는 글을 쓸 수 없다. 글쓰기는 생각하기인데 그 생각은 남달라야 한다. 비판적이고 논리적이며 개성적이어야 하거니와 무엇보다 자기 경험과 사유에 바탕해야 한다. '나는 누구이며 어디서 와서 어디로 가는가'라는 질문을 붙잡고 스스로 답을 구해야 한다. 그러기 위해 '우리가 사는 세계'를 관찰해야 한다. 매일 마주하는 식탁을 주시하라, 거기에 문명이 다 들어가 있다.

학생들은 닭에서 돼지, 밀, 커피 등 거의 매일 먹는 음식의 '원산지'를 다양한 관점에서 접근한다. 서로 역할을 분담해 관련 기사를 검색하고 논문과 단행본을 참조해 문제점을 도출한다. 가령 닭고기(양계 산업)를 맡은 조에서는 닭이 어떤 환경에서 키워지고 어떤 경로를 거쳐 유통, 소비되는지를 살펴본다. 그렇게 3주를 보낸 다음 조별 발표를 하고 각자 에세이 형식으로 보고서를 작성한다. 서로 힘을 모아 발표를 준비하되 글은 각자 쓴다.

모둠 활동을 진행한 지 10년(20학기)째인데 학생들의 반응은 매번 동일하다. 한마디로 '충격적'이라는 것이다. 학생들은 고해성사하듯이 말한다. 사나흘이 멀다 하고 '치킨'을 먹어왔는데 그 닭이 어디서 어떻게 길러졌으며 어떤 과정을 거쳐 자기 입으로 들어가는지 한 번도 생각해보지 않았다는 것이다. 매일 커피를 마시면서도 누가 어떤 방식으로 재배하는지, 커피 농부들에게 돌아가는 생산비가 얼마나 되는지 따져볼 이유가 전혀 없었다고 뉘우친다. 삼겹살과 돼지를 연결시키지 못했다고 자책하기도 한다. 학생들은 농업과 축산업이 왜 대규모 산업 형태로 '성장'할 수밖에 없었는지, 왜 가축을 생명이 아니라 '공산품'으로 취급하게 됐는지 그 원인을 밝히고 대안을 제시한다. 보고서 결론에서 자주 마주치는 키워드가 동물 복지, 공정무역, 유통구조 개선, 소비 축소, 식량 주권 등이다.

매년 글쓰기 강의실에서 신입생을 마주한다. 봄 학기에 마주하는 앳된 새내기들은 반갑기도 하지만 안타까울 때가 더 많다. 대부분 '사육'당한 청년들 아닌가. 대학입시라는 어둡고 긴 터널을 빠져나오기 위해 모든 것을 포기해야 했던 청춘들. 자기 생각이 필요 없던 '점수 기계'들. 그래서 특히 글쓰기를 불편해한다. 신입생 대다수가 "그간 정답을 찾기 위해 애쓰다가 막상 내 생각을 쓰려니 막막하다"고 하소연한다. 글쓰기를 배워본 적이 없고 글을 써본 적도 없는 학생들, 그래서 스스로 생각해본 적이 없는 학생들이 '자신을 키워온' 바로 그 음식 속에서 자본주의의 거대한 그늘과 마주하는 것이다.

나는 학생들이 크게 달라지리라고 기대하지 않는다. 에세이 한 편 쓴다고 삶의 방식이 달라진다면 우리는 진작에 이 세상을 천국으로 바꿔놓았을 것이다. 학생들은 이삼 주 각성과 분노의 시간을 보내고 이내 원상 복귀한다(우리의 식성은 얼마나 완강한가). 하지만 나는 희망을 저버리지 않는다. 양돈 산업의 안팎을 개략적으로나마 살펴본 학생이라면, 그래서 산업문명이 자기 자신은 물론 뭇 생명과 지구 생태계에 끼치는 악영향이 얼마나 막대한지 이해한 학생이라면 언젠가 목소리를 낼 것이라고 믿고 싶다. 그런 날이 언제 올지는 예측하기 어렵다. 하지만 가까운 미래의 어느 날 자본의 논리에 포획된 산업 농법을 폐기해야 한다는 논의가 일기 시작한다면 저 학생의 체감온도는 남다를 것이라고 믿고 싶다.

나는 낙관론자가 아니다. 학생들에게 충격요법을 써가며 산업문명의 '두 얼굴'을 바로 보라고 권고하지만 이런 수업이 어떤 학습효과를 가져올지 잘 모르겠다. 냉정하게 말하면, 내 강의를 듣는 대다수 학생에게 중요한 것은 여전히 '점수'다. 요즘 대학생의 최대 관심사는 취업이다. 그것도 공무원과 같은 안정적인 일자리. 이들은 멀리 내다보지 않고 시야가 폭넓은 것도 아니다(어른들이 더하지만). 이들에게 생태 환경의 위기가 심각하므로 문명 전환이 시급하다고 말하는 것은 어렵지 않다. 근거 자료와 논리는 차고 넘친다. 문제는 학생들의 변화다. 학생들은 내 앞에서 고개를 끄덕이지만 속마음은 대부분 졸업 후 '연봉'에 가 있다. 지구 온난화나 불평등은 이들에게 '비현실'이거나 먼 미래다.

몇 년 전까지만 해도 '표현의 자유(교육권)'를 맘껏 누렸다. 산업문명이 이러저러한 한계로 인해 벼랑 끝을 향해 달리고 있으므로 지금 당장 브레이크를 밟아야 한다고, 이대로 가다간 공멸하기 때문에 하루빨리 다른 길을 찾아야 한다고, 우리에게 남은 유일한 비상구가 지속 가능성이라고, 지금과 다른 미래를 건설하려면 공감하고 연대하는 능력을 갖춰야 한다고 학생들에게 서슴없이 말했다. 심지어 고시 공부 하지 말라고, 시골로 가서 농사를 지으라고, 부모나 선생 말을 듣지 말라고, 제발 분노하라고 '선동'하기도 했다.

내가 강의실에서 들려준 이야기가 틀린 것은 아니다. 생태 환경 문제에 관심을 가진 사람이라면 누구나 아는 상식에 불과하다. 주지하다시피, 우리는 지금 인류가 일찍이 경험해보지 못한 '복합 위기'의 한복판에 서 있다. 화석연료를 비롯해 물, 표토(토양), 삼림, 해양 자원 등 천지자연이 급속도로 고갈되고 있다. 땅, 바다, 하늘, 어느 하나 온전하지 않다. 사정이 이러한데도 인구는 폭발적으로 늘어왔다(현재는 선진국을 중심으로 인구 증가가 안정화되는 단계로 들어섰다). 급격한 도시화 또한 어떤 역효과를 가져올지 모른다. 위기는 여기서 그치지 않는다. 종교 간, 인종 간 충돌이 그치지 않는데다 국경 안에서도 계급 간, 젠더 간 갈등이 잦아들 기미를 보이지 않는다. 양극화와 불평등이 지구 전체로 확산되고 있다.

그러는 사이 우리는 '또 하나의 세계' 속으로 한 발 들여놓았다. 온라인이란 새로운 세계가 하나 더 생겼다. 면대면 접촉보다 비대면 접속이 더 편한 세상이다. 하지만 도처에서 역기능이 노출되고 있다. SNS가 확증편향을 부추기면서 '탈진실'이 진실을 위협한다. '나와 다른 것은 나쁜 것'이란 인식이 빠르게 번져나간다. 선진국 개념도 흔들린다. 서구 사회의 민낯이 코로나 팬데믹 앞에서 여지없이 드러났다. 그들이 내세우던 관용은 허구였고 그들의 개인주의는 공동체의 안녕과 무관한 것이었다. 이처럼 인류가 대처해야 할 위기의 목록은 일일이 열거하기가 어려울 정도다.

『문명의 붕괴』의 저자 제래드 다이아몬드는 지구 차원의 난제를 네 가지로 압축한다. 기후변화, 핵 문제, 자원 고갈, 그리고 불평등. 이 중 어느 하나라도 해결하지 못하면 인류의 미래는 사라진다. 굳이 우선순위를 따진다면 기후변화가 최고의 난제다. 모든 위기가 기후로 수렴되고, 기후에서 모든 위기가 확산된다. 이제는 누구나 인정하는 바이지만 기후 위기의 근본 원인은 인류에게 있다. 특히 산업문명. 물질의 풍요와 삶의 편리를 추구해온 과정이 그대로 쌓이고 쌓여 지구를 뜨겁게 달구는 '연료' 역할을 하고 있다.

그리하여 '인류세'가 도래했다. 인류가 지구 지질과 생

태계에 결정적 영향을 미치기 시작한 것이다. 최근 인류
세의 실체적 진실을 알려주는 인포그래픽을 접했다. 와
이즈만과학연구소의 보고에 따르면, 2020년을 기점으로
인류가 지난 200년 간 만들어온 인공물 총질량이 자연물
총질량을 넘어섰다는 것이다. 20세기 초반만 해도 인공
물은 자연물의 33퍼센트를 넘지 않았다. 산업문명이 '혁
명'을 거듭하면서 시멘트, 철강, 아스팔트, 유리, 플라스
틱 등의 사용량이 급증했다. 도로, 건물, 자동차, 각종 생
필품이 끊임없이 만들어지고 버려지면서 동식물을 비롯
한 지구 생명체 전체 무게보다 무거워진 것이다. 현재와
같은 생산, 유통, 소비, 폐기 시스템이 유지된다면 천연
자원은 조만간 고갈되고 지구는 폐기물로 뒤덮이고 말
것이다. 이것이 우리가 외면할 수 없는 인류세의 '불편한
진실'이다.

　"끝이 시작되었다." 요즘 내가 즐겨 인용하는 문구다.
1986년 체르노빌 핵발전소 사고를 재현한 미국 드라마
「체르노빌」에 나오는 대사다. 핵물리학자가 현장을 확인
하고 에너지 장관에게 사실대로 보고하자 장관은 중얼거
리듯 말한다. "끝이 시작되었다." 인류세의 개막이 어쩌
면 끝의 시작일지도 모른다. 기후 위기에 대처하지 못한
다면 이번 끝이 그야말로 '마지막 끝'이 될지 모른다. 끝
이 끝나기 전에, 끝이 끝이 되지 않도록 새로 시작해야

한다. 시간이 많지 않다.

나는 2019년 말 출현한 신종 코로나 바이러스 감염병에 대한 대처가 우리에게 주어진 '처음이자 마지막 리허설'이라고 생각한다. 백신과 치료제를 개발해 코로나 팬데믹을 잠재우는 것이 일차 목표일 것이다. 하지만 그것은 대증요법에 불과하다. 우리가 인류의 이름이 아니라 과학기술이나 시장 논리로 팬데믹을 넘어선다면 또 다른 신종 질병 앞에서 시행착오를 반복할 것이다. 신종 병원체가 끊임없이 나타나는 근본 원인을 파악해야 한다. 원인은 이미 밝혀졌다. 산업문명이 '어머니이자 우리 자신이고 우리의 후손'인 천지자연을 마구 파헤쳤기 때문이다. 지구 자원은 무한하다는 무지가, 인간이 만물의 영장이라는 오만이, 풍요와 편리가 행복의 요건이라는 탐욕이 재앙을 불러온 것이다.

코로나 팬데믹과 기후 위기의 원인은 동일하다. 그러므로 우리가 팬데믹을 슬기롭게 극복한다면 기후 위기 또한 적극 대처할 수 있을 것이다. 열쇠는 분명 우리 인류가 쥐고 있다. 그런데 우리가 인정해야 할 엄연한 사실이 하나 있다. 우리 인간이 단 한 번도 인류의 이름으로 서로 손을 잡은 적이 없다는 것이다. 20만 년 전 현생 인류가 탄생했지만 인류는 구석기 시대까지 수백 명 단위의 공동체를 형성하지 않았다. 만 년 전에야 마을과 도시가 생겨났고 국가가 생긴 것은 극히 최근의 일이다. 호모

사피엔스는 씨족이나 부족의 구성원을 거쳐 최근에야 백성을 지나 국민이 되었다.

호모사피엔스는 아직 인종, 종교, 국적, 신분, 계급, 젠더의 경계를 넘지 못하고 있다. 이 구분선을 지우지 않는다면 우리는 인류의 이름으로 협력할 수 없다. 시장의 소비자에서 정치적 주권자로 성숙하기, 일국 국민에서 세계시민으로 거듭나기, 그리하여 인간으로부터 인류로 도약하기. 나는 이것이 문명 전환의 관건이라고 생각한다. 과연 가능할까. 코로나 팬데믹이 말 그대로 우리가 주권자, 세계시민, 인류로 재탄생하기 위한 '마지막 리허설'이 될 수 있을까. 나는 자신이 없다.

그렇다고 희망의 끈을 놓겠다는 것은 아니다. 내가 붙잡고 있는 희망의 지푸라기 중 하나가 '세대 간 대화'다. 이대로 가다간 기성세대와 미래세대 사이에서 전쟁이 일어날 것이 불 보듯 뻔하기 때문이다. 내가 강의실에서 마주하는 대학생들은 아직 분노하지 않는다. 자신들이 왜 이런 세계에 던져졌는지, 자신의 미래는 왜 갈수록 작아지는지에 대해 아직 진지하게 고민하지 않기 때문이다. 조만간 청년들이 사태의 심각성을 직시한다면 그들은 기성세대를 향해 돌을 집어들 것이다.

미래세대가 거리로 뛰쳐나오기 전에 우리 기성세대가 먼저 무릎을 꿇어야 한다. 우리가 이런 세상을 물려주기 위해 피와 땀을 흘린 것은 아니라고, 더 나은 세상을 물려주고 싶었지만 우리가 잘못 판단했다고 사과해야 한다. 우리가 너희들의 미래를 함부로 가져다 썼다고 자백해야 한다. 우리에게 무엇보다도 자기 성찰 능력이 부족했다고 용서를 구해야 한다. 그래야 미래세대에게 미래를 돌려줄 수 있다. 그제서야 우리는 미래세대와 함께 '전환 설계'를 할 수 있다.

지난 연말, 음식과 산업문명 조사분석 보고서를 받으면서 학생들에게 '방학 숙제'를 내줬다. 다음 두 문장을 붙잡고 고민을 거듭해보라고 당부했다.

'당신이 찾고 있는 것이 당신을 찾고 있다.'

'나무는 나무 아닌 것으로 이루어져 있다.'

앞의 것은 중세 페르시아 신비주의 시인 루미의 시구이고 뒤엣것은 일본의 재야 학자 야마나 테츠시가 펴낸 『반야심경』 해설서에 나오는 말이다. 학생들이 저 두 문장을 화두로 삼아 상호 연관성의 완성을 추구해나간다면 '처음이자 마지막 리허설'의 성공 확률이 크게 높아질 것이다. 아니다, 나를 포함한 기성세대가 저 방학 숙제를 먼저 받아들여야 한다. 우리들 여생의 과제로 흔쾌히 끌어안아야 한다. 그래야 청년들과 함께 기후 위기를 극복하는 진정한 인류세의 서막이 오를 것이다.

시집 동물 보탬 글

꽃사슴   한반도에 서식하는 사슴에는 대륙사슴과 꽃사슴(우수리사슴)이 있다. 개체들 대부분은 중국이나 일본에서 들여온 것으로 한반도 아종은 없다. 강원도 인제군에서 꽃사슴 복원을 추진했으나 토종을 구하지 못해 중단되었다. 2020년 6월, 강원도 낙동정맥에서 토종으로 보이는 꽃사슴이 카메라에 잡혔다.

염소   풀을 뿌리까지 뽑아 먹고 번식력도 좋기 때문에 생태계를 심각하게 파괴한다. 멸종위기종이 아니라 위해2급종이다.

산양   산양은 반달가슴곰에 이어 우리나라에서 두번째로 복원 시도된 야생동물이다. 멸종위기종1급으로 국내에서는 설악산 일대에서 서식하고 있다.

다슬기   다슬기 꽁지에서 서걱서걱 씹히는 것은 모래가 아니라 갓 생성된 새끼 다슬기의 껍데기다.

붕어   붕어의 번식 행동은 아직 제대로 알려지지 않았다. 우리나라 하천에 사는 붕어의 대부분은 '복제 붕어'다. 낚시하는 사람이라면 특정 저수지나 하천에는 크기나 모양, 색깔이 거의 판박이인 붕어가 잡힌다는 사실을 안다. 그리고 복제 붕어는 모두 암컷이다. 물론 붕어에도 수컷은 있다. 태어날 때 붕어는 다른 종과 마찬가지로 암수가 비슷하고 수컷 쪽이 좀 더 많다. 그

러나 다 자란 붕어를 채집해 보면 수컷은 10퍼센트가
안 된다. 그 이유는 붕어가 양성생식이 아닌 복제를
통한 단성생식을 하기 때문이다. (이 글은 『푸른 연금
술사』 2018년 3·4월 호에 실린 것을 부분 발췌해 일
부 수정한 것입니다.)

수달 수달은 먹이를 잡으면 제사를 지내는 동물로 알려져
왔다. 사냥감을 물가에 차례로 늘어놓는 습성이 있는
데, 사람 눈에는 그게 마치 제물을 차리고 제사를 지
내는 것처럼 보였기 때문이다.

향어 독일잉어 또는 이스라엘잉어라고도 불린다. 외래어
종이기는 하지만 블루길, 배스 같은 생태교란종은 아
니다.

은어 은어는 1년생 양측성 어류다. 양측성 어류란 산란과
무관하게 민물과 강을 오가는 물고기를 말한다. 소하
성 어류가 있는데, 강에서 부화하여 바다로 내려가 일
생의 대부분을 살다가 산란기가 되면 다시 강으로 올
라오는 물고기를 가리킨다. 연어가 대표적이다. 은어
는 민물에서 부화하여 바다로 내려가 자라지만, 일찍
다시 강으로 올라와 몇 개월 살다가 산란기를 맞아 알
을 낳는다.

종다리 '동창이 밝았느냐 노고지리 우지진다'에서 노고지리

는 종다리의 옛말이다.

구렁이　어떤 일을 마무리할 때 깔끔하게 마무리하지 않고 대충 얼버무린다는 뜻의 표현으로 '구렁이 담 넘어가듯'이라는 말이 있다. 비슷한 표현으로 능글맞고 처세술이 강해 불리한 상황에서도 잘 피해 가는 사람을 두고 '능구렁이 같은 사람'이라고도 한다. 구렁이와 능구렁이는 서로 다른 종이다.

늑대　한국에서 야생 늑대는 1980년 문경에서 마지막으로 발견되었고, 사육 상태로는 1996년 서울대공원에 있었던 토종 늑대가 숨을 거두며 멸종되었다. 그런데 늑대 복원 문제에 대해 일부에서는 회의적 입장이다. 늑대와 같은 포식자 종의 복원이 생태계에 긍정적인 역할을 미치는지에 대해서 긴가민가하고 있고, 무엇보다 사람이나 가축을 공격할 가능성이 있기 때문이라고 한다. 늑대는 사람이 먼저 공격하지 않는 한 적대적으로 달려들지 않는다. 늑대보다는 개를 더 조심해야 한다. 가축 피해는 다소 생기겠지만 그것은 늑대 같은 포식자가 없음으로 해서 발생하는 고라나 멧돼지의 금전적 피해와는 비교 자체가 안 된다. 그들을 막기 위해 전국의 밭에 둘러친 그물 비용과 노동력을 빼고서도 그렇다. 늑대를 포함한 표범이나 호랑이,

여우 등의, 우리 강산에서 사라진 최상위 포식자들의 복원 당위성과 시급함은, 널리 알려진 페터 볼레벤의 『자연의 비밀 네크워크』(강영옥 옮김, 더숲) 일부를 다시 옮겨 쓰며 대신한다.

"옐로스톤 국립공원에서는 1930년대 늑대가 사라졌다. 가축을 해친다는 이유로 농부들이 마구 사냥했기 때문이다. 늑대들이 모두 사라지자 폭발적으로 늘어난 사슴들이 풀과 나무를 먹어 치우기 시작했다. 숲이 황폐해지자 사슴들은 강가의 나무까지 먹기 시작했다. 급기야 강변 토양이 침식되고 강에 살던 비버들과 새와 물고기들도 사라지기 시작했다. 늑대가 멸종되자 코요테의 개체수가 늘어나면서 토끼, 다람쥐, 들쥐가 급감했고 설치류들이 줄어들자 맹금류나 오소리, 여우들의 개체수가 줄어드는 악순환이 계속되었다. 옐로스톤의 모습은 점점 참담해져갔다. 급기야 정부는 1995년 캐나다에서 늑대를 들여와 복원시켰고, 사슴의 개체수가 조절되면서 자연은 다시 회복되기 시작했다."

검독수리 이름에는 독수리가 들어가 있지만 실제로는 독수리(벌처)가 아닌 수리(이글)다. 독수리는 대머리수리를 말한다. 전문가들 사이에서는 잘못 붙여진 이름인 검독수리를 검수리로 호칭하자는 논의가 진행되고 있다.

폭탄먼지벌레 독특한 방어 기술로 유명한데 뜨거운 독성화학물
질을 적을 향해 분출한다. 100℃를 넘어간다. 연사도
가능하며 최대 29~70번까지 무척 빠른 속도로 난사
할 수 있다. 사거리는 대략 60센티미터 정도. 착탄 지
점도 조준 가능하다. 대부분의 곤충은 이거 한 방이
면 황천길이고 쥐 같은 동물도 얼굴에 맞으면 치명적
이다. 사람도 마찬가지로 눈에 맞을 경우 매우 위험
하다. 메뚜기쥐는 이런 독성물질을 알기 때문에 폭탄
먼지벌레를 만나면 바로 땅속에 처박은 후 가스가 떨
어질 때까지 기다렸다가 맛있게 먹는다.

베짱이 『이솝 우화』의 「개미와 베짱이」 이야기 때문에 베짱
이는 게으르고 일 안하는 곤충으로 유명하지만 실제
로는 그렇지 않다. 이 우화는 원래부터 「개미와 여치」
로 여러 나라에 널리 알려졌고 한국에서도 1960년대
까지는 여치로 번역되었다. 선조들은 베짱이를 밤새
도록 베를 짜는 부지런한 벌레로 여겼다.

따오기 한국뿐 아니라 세계 각국에서 천연기념물로 지정 보
호하고 있는 새. 창녕에서 복원 중인데 2020년 1월
기준, 방사된 총 40마리 따오기 중 11마리 폐사, 2마
리 부상, 5마리 행방불명. 여기에는 몰상식한 관광객

들도 한몫하는데, 소란을 피워 놀라게 하는 것은 기본이고 펜스를 넘어 복원 지역으로 들어가거나 아예 따오기를 직접 만지는 사람까지 있다.

두루미 머리 정수리 부분의 붉은색은 붉은 털로 덮여 있는 것이 아니라 피부가 그대로 노출된 것이다. 평소에는 붉은색이지만 기분에 따라 면적과 색깔이 변하기도 하며 화나면 더 붉어진다. 일종의 볏이라고 보면 된다.

여우 여우라고 하면 보통 붉은여우를 지칭한다. 전 세계적으로 가장 널리 퍼져 있으나 국내에서는 공식적으로 야생 여우는 멸종한 상태. 1978년 지리산에서 포획된 것이 마지막이다. 2004년 강원도 양구에서 죽은 여우가 발견되었는데 이것이 자생하던 여우인지 다른 경로로 밀반입된 여우인지는 분명치 않다. 2010년 복원 사업을 진행하던 중 한 밀수업자가 토종 여우를 기증하게 되면서 복원 사업은 전환점을 맞이하게 되었다.

삵 살쾡이라고도 한다. 주요 서식지로는 강원도 산간 지방이나 비무장지대, 우포늪 그리고 시화호 등지다.

원앙 원앙은 금실이 그다지 좋지 않다. 구애 행위 후 부부가 되지만 매년 상대가 바뀐다. 수컷은 둥지가 정해지고 나면 새끼 양육에 전혀 관여하지 않고 또 다른 암컷을 찾아 떠난다. 원앙 자신이 너무 화려해 적의 눈에 잘 띄기 때문에 새끼들의 안전을 위해 그렇다는 의견도 있다.

길앞잡이　사람이 걸어가는 길 앞에서 가까이 다가가면 훌쩍 날아올라 앞에 앉고, 다시 다가가면 또 날아올라 앞에 앉는 행동을 되풀이해 마치 길을 안내하는 듯하다 하여 '길앞잡이'라는 이름이 붙여졌다.

쏘가리　노란색 황쏘가리는 색소결핍으로 알려졌지만 색소변이의 돌연변이종이다.

꿀벌　꿀벌은 세계 식량 자원의 90퍼센트 이상을 차지하는 100여 종의 작물 70퍼센트가 열매를 맺도록 돕는다. 기후변화와 살충제 사용으로 꿀벌은 전 세계적으로 심각한 상태에 놓여 있다. 꿀벌은 1,500가지가 넘는 춤으로 의사소통을 하고 사람 얼굴도 이틀 간 기억한다. 숫자 0의 개념도 알며 덧셈 뺄셈도 할 줄 안다. 기억을 잘하기 위해 복습을 계속한다는 연구 결과도 발표되었다.

반달가슴곰　2000년에 지리산 야생 반달가슴곰의 서식이 확인되었으나 그 수는 많아봤자 다섯 마리 정도로 추정되었다. 자연적으로 종족을 유지하기에는 터무니없이 적은 개체수이며 멸종이 유력한 상황이었기 때문에 복원 사업 계획을 수립하였고 2004년에 첫 방사가 이루어졌다. 2016년 12월 강원도 인제의 비무장지대 동부전선에서 무인카메라에 찍힌 것이 언론에 보도되었다. 2020년 1월 인제의 대암산 향로봉 일대에서도 어미와 새끼로 추정되는 곰의 발자국이 발견되어 다시금 주목을 받았다.

미더덕	'미'는 물의 옛말. 물에 사는 더덕이다. 향미와 씹는 느낌이 독특해 식재료로 많이 쓰인다. 양식을 위해 들여온 외래종인 '오만둥이'와 구분하기 힘들다. 미더덕은 끝부분에 잘라낸 흔적이 있고, 오만둥이는 원래 원형이기 때문에 그런 게 없다.
꽃게	꽃처럼 생겼다 해서 꽃게가 아니라 곳(串)게가 변형된 것.
낙지	북한에서는 오징어를 낙지라고 부른다. 북에서 오징어라고 부르는 것은 갑오징어다. 낙지는 서해낙지로 부른다.
넙치	광어와 도다리의 구별은 '좌광우도'다. 넙치는 태어날 때부터 그렇게 생긴 것은 아니다. 치어는 성체 넙치와는 다르게 모래 바닥에 살지 않으며 다른 물고기들처럼 물속을 헤엄치고 다닌다. 성장하면서 눈이 점점 한쪽으로 몰리게 되고 이후 모래 바닥에 누운 채로 지낸다. 넙치와 광어는 같은 말이다.
도루묵	피난길에 오른 어느 왕이 묵어(혹은 목어)를 먹고 맛이 좋아 이름을 은어라고 바꿨다가 나중에 이 생선을 다시 먹은 뒤 맛이 예전만 못하자 '도로 묵어(목어)'라고 하였는데, 이것이 도루묵의 유래다. 이 어원이 워낙 유명하다 보니 '말짱 도루묵'이라는 표현도 있

다. 말 그대로 애썼던 것이 헛일이 되었을 때 쓰는 말이다.

쥐치 해파리 뜯어 먹기를 좋아한다. 쥐치 남획이 해파리가 증가한 원인은 아닐까.

갑오징어 옛날 약품이 귀하던 시절에 칼이나 낫 등에 상처를 입으면 갑오징어 뼈를 갈아서 뿌렸다. 지혈도 되고 상처 치료가 빨랐다. 한약명으로 오적골, 해표초라고 하며 갑오징어를 '오적어'라고 한다. 바닷가 작은 마을에 살고 있던 어부가 하루는 바다를 쳐다보고 있는데 까마귀 한 마리가 먹이를 찾는 듯하더니 수면 위에 떠 있는 오징어 한 마리를 낚아채기 위해 잽싸게 달려들었다. 낚아채려는 순간, 오징어 다리가 까마귀를 휘감아 물속으로 들어가버렸다. 까마귀가 오히려 먹이가 된 것이다. 어부는 오징어가 까마귀를 해친다는 사실을 알고 까마귀를 훔치는 도둑이라는 뜻으로 '오적어'라고 이름 지었다. 그 후 차차 발음이 쉬운 오징어로 바뀌게 되었다고 한다.

은둔자들 —동물시편 II
© 최계선

1판 1쇄 발행　|　2021년 9월 20일

지은이　　　|　최계선
펴낸이　　　|　정홍수
편집　　　　|　이명주
펴낸곳　　　|　(주)도서출판 강
출판등록　　|　2000년 8월 9일(제2000-185호)

주소　　　　|　서울시 마포구 동교로 17안길 21(우 04002)
전화　　　　|　02-325-9566
팩시밀리　　|　02-325-8486
전자우편　　|　gangpub@hanmail.net

값 13,000원
ISBN　978-89-8218-284-6　　04810
　　　978-89-8218-286-0 (세트)

• 이 책은 춘천문화재단의 후원으로 발간되었습니다.